Olivier
Lebé

Repulse Bay

Éditions de la Grande Ourse
39, rue Cortambert, 75116 Paris
www.editionsdelagrandeourse.com
ISBN 979-10-91416-03-0

roman

Olivier
Lebé

Repulse Bay

La Grande Ourse

« Nous ne pourrons jamais expliquer
ou justifier la ville. La ville est là.
Elle est notre espace
et nous n'en avons
pas d'autre. »

Georges Perec

1

J'avais envie de vivre en Asie depuis longtemps. Cette envie avait fini par occuper un espace considérable, continuant son expansion à mon insu, selon ses propres principes. Les conditions de mon départ et de mon installation furent un jour remplies sans que je puisse dire comment un agencement si particulier d'événements hasardeux avait pu se produire. Comme une rivière souterraine finit par déboucher à l'air libre, la vision floue d'une autre existence avait trouvé son chemin et fait s'effondrer mon ancienne vie. Il est tentant de dire : c'est ce que j'ai voulu.

Depuis deux semaines, j'habite seul un grand appartement presque vide dans un immeuble de quatre étages situé à cent cinquante mètres de la mer. Tout au bout de l'allée en cul-de-sac occupée par des voitures de grand luxe, une porte en fer dont je possède la clé mène à un passage qui permet de rejoindre directement la plage.

Tôt le matin, de vieux messieurs chinois viennent pratiquer leur natation quotidienne. Sur les plates-formes flottantes ancrées à moins d'une encablure, nous échangeons des sourires courtois avant de replonger dans la mer de Chine. Je nage toujours jusqu'à la limite du filet anti-requins pour profiter du panorama de la baie en forme de croissant et des pentes arborées des collines où se dressent de grands bâtiments de plusieurs dizaines d'étages.

Postés sur les quatre tourelles d'observation alignées sur la plage, les sauveteurs ne quittent pas des yeux la zone de baignade. Leur immobilité me donne l'impression qu'ils méditent, qu'ils sont parvenus, grâce à une qualité d'attention particulière, à ne faire qu'un avec leur environnement. Sur chaque tourelle, une bouée rouge est accrochée en évidence au poteau en béton qui soutient la terrasse. Plus près du rivage, un cordon en plastique délimite une bande de sable réservée aux secours où trône une chaise haute surmontée d'un parasol rectangulaire. Signalée par un panneau d'information, une planche de sauvetage repose au bord de l'eau, baignée par le ressac. Debout sur un radeau muni de rames et d'une ombrelle, un maître-nageur, dans son uniforme orange et rouge, navigue lentement sur une mer aussi calme qu'un lac.

À l'horizon, la ronde incessante des porte-conteneurs entrant et sortant du port de Hong Kong rythme le paysage maritime de Repulse Bay.

*

En revenant de la plage, je rencontre une jeune femme asiatique dans le hall de l'immeuble. Elle tient un enfant dans ses bras et s'apprête à sortir. Je lui ouvre la porte. Elle me remercie, me demande si je vis ici, mentionne qu'elle habite l'étage au-dessous du mien. Sa voix, les mots qu'elle prononce, l'expression de ses traits, trahissent l'étude et la maîtrise ; tout en elle révèle la connaissance approfondie de l'effet qu'elle produit. Et puis il y a cet effroi qui palpite éperdument à la surface de sa jeunesse : *pendant qu'il est encore temps*. À cet instant, je pense que la voir vieillir sera une épreuve. Elle me fixe avec intensité et me dit de prendre garde aux éclairs que la météo prévoit dans le courant de la journée. Son avertissement a quelque chose d'incongru, de trouble, comme s'il relevait d'instances mystérieuses. Je la laisse partir, sans trouver quoi répondre. Une fois rentré dans l'appartement au parquet rouge, l'impression d'étrangeté persiste un long moment. Puis se dissipe.

*

La journée passe en préparatifs pour la mission professionnelle qui m'amène ici. Le terme n'est pas réellement fixé, quelques mois sans doute. Je suis parti sans penser au retour.

Je me donne rendez-vous au bar du dernier étage de l'hôtel Peninsula, une vue classique sur la baie de Hong Kong. Le taxi s'enfonce sous la montagne par le tunnel d'Aberdeen, deux kilomètres souterrains éclairés par une longue ligne de néons blancs. Arrivé à Central, je rejoins la rampe d'accès au ferry avec la foule de ceux qui rentrent chez eux, Kowloon Side. La traversée de la baie est une routine quotidienne pour de très nombreux Hongkongais et une attraction pour les touristes. Pendant les quelques minutes que dure le trajet, le bateau semble naviguer au milieu des tours qui s'élancent sur chaque rive. C'est un enchantement dont j'userai avec parcimonie, de peur qu'il ne se dissipe.

Je marche vers l'hôtel le sourire aux lèvres. Je suis déjà dans l'anticipation du spectacle qui m'attend et je glisse hâtivement sur les apparences fastueuses de l'établissement à la riche clientèle. Dans l'ascenseur qui donne directement accès au vingt-huitième étage, la lumière change de couleur à mesure que la cabine s'élève : une introduction à la petite dramaturgie narcissique du bar et au choc visuel de la *Skyline*. Debout devant les baies vitrées, je me poste à la verticale du vide ; je me laisse dériver dans le panorama, aspiré par la fluidité des limites. Jamais je ne sens davantage les contours d'un espace intérieur qu'en laissant mon esprit flotter sur la baie. J'ai une pensée pour Leslie Cheung, *Hong Kong star* dépressive sautant du vingt-quatrième étage du Mandarin Oriental, là-bas, de l'autre côté de la baie. « Faut-il qu'il en soit ainsi ? » concluait la note qu'on a trouvée sur son corps glamour et fracassé.

Je reconnais les premières notes de la chanson de Jay Jay Johanson, *« She doesn't live here anymore »*. On n'embrasse jamais que de loin. Un reflet sur la vitre me rappelle à l'intérieur du bar. Les femmes à Hong Kong affichent un classicisme vestimentaire qui satisfait mon imaginaire. Je feins d'ignorer une grande Chinoise très entourée. Elle est tout un monde lointain, le scintillement du sexuel. J'éprouve un sentiment de liberté que je n'ai pas ressenti depuis très longtemps. Ici, les jeux ne sont pas faits. Le léger vertige de science-fiction que procure la ville a créé en moi un état particulier d'éveil et de désir. Ici, je vais vivre.

Un éclair dans la nuit, là-bas, loin sur l'océan, ramène mes pensées à la femme de Repulse Bay, sa longue silhouette et son avertissement énigmatique.

*

À l'aube, je sors de l'immeuble, tourne à droite vers la petite porte en fer, longeant d'un côté les Mercedes, les Maserati, les Porsche, et de l'autre, en contrebas, un canal de drainage bétonné, enfoncé dans la végétation où pourrissent des cabanes mangées par l'humidité. Je me sens attiré par ces terriers abandonnés comme par une solution générale au problème de l'existence. Appelons cela la tentation du trou. Se faire une vie dans un trou. Mon esprit est coutumier de ces mouvements d'expansion-rétraction. La tentation d'exister équilibrée par celle au moins égale de disparaître. J'avance vers la porte en luttant contre l'envie de me fondre dans ce décor corrompu.

Dans la mer, des détritus flottent entre deux eaux. L'orage d'hier sans doute. Je nage pour échapper à mon enlisement mental. J'observe un léger film huileux sur ma peau en sortant de l'eau. La chaleur lourde d'humidité accentue la sensation poisseuse que je ressens. Je presse le pas pour rentrer prendre une douche.

Au moment où j'ouvre la porte du hall, une voiture s'engage un peu trop vite dans la rampe d'accès de l'immeuble, rebondit souplement sur ses suspensions et s'arrête au milieu du rez-de-chaussée technique. Elle sort de la voiture sans couper le moteur, laissant la porte ouverte. Elle s'éloigne d'un pas pressé vers l'escalier de service. Elle ne m'a pas vu. Sur le siège passager, il y a le contenu dispersé d'une trousse de maquillage. Je me penche à travers l'habitacle, une main appuyée sur le volant. Je choisis un poudrier laqué noir.

Peu après, j'ouvre la petite boîte. Sur la fine couche de matière déposée à la surface du miroir enchâssé dans le couvercle, un doigt a tracé ce qui ressemble à deux caractères chinois. J'en demande la signification au jardinier de l'immeuble.

– *Jia you*, me dit-il sans sourire. *Jia you, Jia you!* Courage! Vas-y! Mets de l'essence!

Je glisse l'objet dans une enveloppe avec un message écrit sur une page de mon carnet : « Ceci vous appartient. Jusqu'à présent, j'ai échappé aux éclairs. Votre voisin. » Je pose l'enveloppe devant sa porte.

*

Je la vois, assise sur le sable. Je n'ai aucun doute : elle est là pour moi. Je vais vers elle comme si je suivais des instructions depuis longtemps mémorisées.

D'un geste économe, elle m'invite à prendre place à côté d'elle face à la mer. Elle a les jambes nues, pliées, serrées l'une contre l'autre, les pieds joints posés sur le sable, les mains croisées sur les genoux. Elle se tient droite, regarde devant elle, la mer, le ciel. Les tendons de son cou sont saillants, comme un défi. Ses cheveux noirs tombent sur ses épaules, encadrant son visage dissimulé par des lunettes de soleil et un grand chapeau. Elle me remercie d'avoir trouvé son poudrier. Elle insiste sur le mot « trouvé ». Elle me demande si je me suis déjà senti sous le coup d'une malédiction. Tout d'abord, je ne suis pas sûr d'avoir compris, tant son sourire et sa décontraction tranchent avec ses paroles. Je réponds que les pires malédictions sont celles qu'on prononce contre soi-même, en pensant que j'aurais mieux fait de me taire. Elle s'appelle Beverly Carter.

– Vous travaillez à Hong Kong ?

– Parfois, répond-elle.

– Quelle est votre spécialité ?

– Je suis ma propre spécialité.

Je la félicite de ce choix essentiel.

À présent, entre nous, la tonalité est définie sans repentir possible. Nous restons encore un peu sur la plage à caresser avec précaution la forme de notre rencontre.

*

Mon désordre envahit peu à peu le sol de l'appartement. Je me sens chez moi. Partout à Hong Kong, je me sens chez moi. La vie me semble moins suspecte. Je suis plein d'une énergie que je dépense en marches, en reconnaissances. J'ai sillonné HK Island de part en part et j'en ai acquis une représentation mentale que j'améliore sans cesse. Onze septembre, 30 °C. L'humidité de l'air provoque en moi une excitation, une exaspération sensuelle et intellectuelle que je contrôle avec la climatisation.

Je reviens de Dragon's Back, une marche sur la crête des collines que j'ai conclue par une baignade à Big Wave Bay. Je transpire et je suis légèrement exalté. Elle sort de l'allée au volant d'une Mercedes monumentale qui la fait paraître minuscule. Elle baisse la vitre et me dit :

– Seriez-vous libre demain pour dîner à l'American Club ? C'est tout près d'ici. Je vous présenterai mon mari.

La berline s'éloigne sur la route maculée par les fleurs tombées des arbres. Je lève la tête vers le ciel blanc et les frondaisons jaunies. L'espace autour de moi, comme une toile peinte, se construit touche après touche.

*

Il n'y a plus que des professionnels en ce monde. À l'American Club, les loisirs sont plus exigeants que le travail lui-même : « L'excellence depuis 1925 ». Impression d'entrer sur le plateau d'une émission de téléréalité, où chacun sait avec certitude le rôle qu'il a à jouer. Un petit morceau du bonheur à l'américaine sur les rives de la mer de Chine.

Ils m'attendent assis à l'une des tables de la terrasse qui surplombe la mer. C'est un couple spectaculaire. Ils représentent l'exacte idée de ce que l'humanité poursuit. Ils doivent être sublimes même à leurs propres yeux. Avec une invitation à les rejoindre et à m'asseoir auprès d'eux, c'est comme si j'étais distingué du reste des hommes. L'air est chargé de leur puissance érotique et d'images de copulations idéales.

Carter est dans la force de l'âge. Quel est son âge, d'où vient sa force ? Je me sens un peu théorique à ses côtés. Il a cette physionomie exempte de doute si particulière aux Américains.

Présentations faites, Carter m'informe :

– Je suis dans l'*entertainment.*

– Nous y sommes tous plus ou moins. La vie est si grave.

Karl Carter a de grands projets pour l'Asie, c'est-à-dire pour le monde :

– Je suis au centre de la machine. Ces millions de conteneurs qui transitent sous nos yeux, c'est de l'*entertainment* ; ils sortent directement d'une histoire que quelqu'un, un jour, a inventée, et que d'autres se sont mis à croire.

– Et s'il n'y avait rien dans ces conteneurs qui marchent sur l'eau ? Rien. Rien de rien. Essayez d'imaginer. C'est une hypothèse : des conteneurs vides qui voguent de port en port sans destination finale.

– C'est… une hypothèse, dit-il.

– J'ai cette sensation parfois que quelqu'un est sur le point de me pousser dans le dos, que je vais basculer dans le vide. Je ne veux pas dire que ce que vous faites ne sert à rien, bien au contraire.

Avant le dîner, je suis allé sur Internet à la recherche d'informations sur Karl Carter. Il s'est installé à Hong Kong pour, entre autres, recycler les idées et les talents du cinéma local pour le compte des studios américains. Il évalue la faisabilité de « remake » en chiffrant l'adaptation et les droits. Cela aboutit généralement à de pâles copies formatées, des contrefaçons culturelles. Un juste retour des choses. À travers sa société de production, il conseille également plusieurs institutions, dont l'armée américaine, toujours soucieuse d'orienter les choix de l'industrie du spectacle. Un presque confrère.

Avec un demi-sourire où je crois lire le plaisir qu'elle prend à la situation, Beverly change de sujet :

– Alors, mystérieux voisin, que venez-vous chercher sur le dos du dragon ?

– Je suis consultant. Mes clients me tiennent avec une très longue laisse…

Carter dit qu'il a souvent affaire à des gens comme moi, sans que je sache très bien ce qu'il veut dire. Il se plonge dans son Blackberry. Il y a chez cet homme une brutalité qui fait jouir sa femme. Elle vibre avec une très légère nuance de gêne.

Comme un plat vous échappe des mains, la conversation tombe. J'observe le visage de Beverly, et toutes les impressions qu'elle m'a déjà causées se conjuguent brusquement en une émotion que je peine à cacher.

Elle se lève pour saluer une amie qui entre dans la salle du restaurant ; je ne peux détacher mes yeux d'elle. Carter en profite pour me glisser :

– Elle est incroyable, n'est-ce pas ? Je la découvre à nouveau quand quelqu'un la regarde comme vous la regardez.

Beverly tourne un court instant son visage dans notre direction et braque ses yeux sur notre veulerie partagée.

*

C'est la fête de la Lune. C'est aussi la fête des Lanternes. Elles sont en papier coloré, de toutes formes. Les enfants sont autorisés à les promener dans les espaces publics de la ville. Chaque année, il y a des accidents et des enfants prennent feu.

À la clarté de la pleine lune et des innombrables luminaires, la plage se confond avec la mer, les pique-niques nocturnes des familles avec les embarcations. Les lumières vibrent doucement, comme agitées par la houle. Voisins et connaissances se retrouvent. Beverly est là, distribuant les « gâteaux-lune » aux enfants qui les mangent en faisant durer le plaisir. Son fils porte une couronne en forme de lune bleue et, au bout d'une baguette, une lanterne figurant une soucoupe volante. À l'écart de notre groupe, une femme pointe son téléphone portable dans notre direction.

Avec grâce, Beverly s'emploie à représenter ce à quoi j'aspire. La proximité d'un abîme est si merveilleuse, la sensation de la descente tellement excitante, qu'il faut en accepter les fatales conclusions. Je les accepte. Le plaisir et l'oubli sont une seule et même chose. Au bout de la plage, la très sarcastique statue en mosaïque de Kwun Yam, déesse de la miséricorde, veille sur les destinées.

Beverly laisse l'enfant à sa nounou et nous nous dirigeons vers la promenade le long de la côte qui mène à Deep Water Bay. Nous marchons avec une conscience aiguë de notre déplacement dans l'espace, à la façon des anciens rois prenant symboliquement possession du territoire. Ce cérémonial spontané nous fait rire. Des promeneurs chuchotent à notre passage. À l'endroit où le chemin serpente au plus près de Middle Island, nous nous embrassons. La rumeur des distances traversées vibre autour de nous et nous isole dans la nuit.

*

Je suis connecté sur le compte Google de Beverly. Le mot de passe est le prénom de son fils. Un jeu d'enfant. J'explore ses albums photos en ligne à la recherche de sa vie. Je surprends des visages, des lieux, son corps sous des angles nouveaux. J'éprouve ce qu'on peut ressentir en trouvant une photographie dans un livre d'occasion. On se met à imaginer une histoire, l'inconnu représenté vous obligeant à lui trouver un destin. Ce qui caractérise l'être humain, c'est qu'il a le pouvoir d'échanger sa vie contre une fiction. Cela le rend difficile à découvrir. Je décide d'installer Beverly dans mon esprit et d'attendre l'épiphanie.

Je dis par commodité que je suis consultant. J'ai en effet des clients qui attendent un conseil. Mon activité consiste à convertir des informations latentes en informations manifestes. Je prospère sur une sorte de foi. On pense que je fais des prédictions, que je possède un talent remarquable. Il n'y a rien de tel que le mot « talent » pour tenir à distance les questions légitimes. C'est un mystère que chacun aime célébrer, car il dispense de chercher à comprendre. Tous admirent et applaudissent, soumis à la grâce qu'ils n'ont pas. En réalité, je travaille. J'ai commencé de façon prosaïque dans la modélisation de profils à partir d'analyses de connexions Internet et d'achats par carte bancaire. Aujourd'hui, je collecte des histoires, j'en découvre en train de s'écrire, je les recompose pour en créer de nouvelles.

La première intuition de l'existence de ce métier m'est venue très jeune, en visionnant le film de Sidney Pollack, *Les Trois Jours du Condor*. J'avais trouvé fascinant qu'un métier puisse consister à lire des livres accessibles à tous pour en tirer des informations sensibles au point de mettre sa vie en jeu. J'ai ensuite découvert que la fiction était au cœur du monde, au sens où son but véritable est de découvrir et de répertorier le genre humain. C'est une activité de renseignement général. Comme il existe une veille technologique, il existe une veille anthropologique, laquelle bien sûr n'est pas sans valeur marchande.

*

Rendez-vous à Central, au restaurant Yung Kee, quatrième étage, salons privés.

Central est une bulle. À l'intérieur de la bulle, il n'y a ni dedans ni dehors. On va de la rue à l'intérieur des immeubles dans un flux continu de corps en déplacement. Chacun assure un relais à un point ou un autre du système et prend sa place dans la nécessaire circulation.

Nous profitons de nos derniers moments avant de basculer dans l'austère territoire de l'amour où les corps règnent en aveugle. Les lourds rideaux du salon particulier, le paravent doré aux élégants motifs floraux, la vaisselle précieuse, la déférence des serveurs, tout participe à transformer ce préambule en une cérémonie. Elle porte une robe en soie noire sans manches. Une fine ceinture marque sa taille. Son maquillage joue à être naturel. Il y a chez elle quelque chose d'irréprochable que je tente vainement de prendre en défaut. Je le lui dis.

Elle répond :

– Je ne dois pas te décevoir. Je sais que tu ne me rateras pas.

Elle laisse le temps aux mots. Puis, elle reprend :

– Tu es là pour ça. L'image doit être parfaite.

Un flux circule de la source chaude vers le pôle froid, théorème élémentaire de la thermodynamique. Elle est le pôle froid, c'est le rôle que je lui assigne.

Je partage son absence d'illusion. Je me connais, je ne peux m'empêcher de chercher la petite bête. J'exigerai qu'elle me donne tout, qu'elle ne garde rien, jusqu'à la rendre folle. Et quand elle sera folle, je lui reprocherai de ne pas m'aimer, je la rendrai responsable de notre malheur. Elle sait déjà. Elle ne se laissera pas faire.

Le premier instant renferme la préfiguration de la fin. Nous sommes tristes. Avant l'amour, l'animal est triste aussi.

*

Peu importe la rue, peu importe l'hôtel, peu importe la chambre. À présent, le monde derrière la porte ne nous concerne plus. Nous traversons, dans l'urgence et la confusion, les dernières distances. Nos corps peuvent bien se disloquer, fondre ou geler. Nous jouissons de notre disparition, de notre perte. Nous basculons dans l'inquiétante vérité du plaisir : ensemble, c'est personne. Après le débat, son visage m'aspire irrémédiablement dans ses eaux profondes. J'ai l'impression de glisser, mon cœur à l'arrêt. Je la serre contre moi, je ne peux pas me détacher d'elle. Je la caresse, je la respire, je me love au plus près d'elle. Je voudrais descendre sans fin, tout résoudre en une seule étreinte.

Elle appuie ses mains contre ma poitrine pour me repousser et retrouver son propre espace. Elle s'échappe de mes bras et se dresse assise sur le lit. Elle me considère avec un vague dédain, comme un dealer voit un junkie. Elle me fait sentir qu'il existe une limite, que le laisser-aller ne peut être toléré, que la faiblesse est inadmissible. Sans me quitter des yeux, avec lenteur, elle serre les bras contre ses seins et les comprime dans un mouvement rythmique. Elle accentue la pression de ses bras et respire profondément. À mesure que j'émerge, je sens monter la colère et l'excitation. À quoi joue-t-elle ? Elle promène son regard de mes yeux à mon sexe. Sans merci, elle me provoque. Elle me tient à distance pour mieux me faire bander. Elle caresse de la langue ses lèvres, avec une insupportable obscénité. J'hésite une fraction de seconde entre partir ou la baiser. Je l'attrape brusquement, la retourne pour ne plus voir son visage. J'empoigne ses cheveux et la tire en arrière en même temps que je la prends. Je veux lui faire payer d'en savoir plus long que moi, d'admettre qu'il faut toujours en passer par là et y revenir jusqu'à la fin des temps. Je la veux morte, anéantie, en morceaux. Des visions comme des flashs me tétanisent. Des lys jaillissent de son cou, mes mains plongent et disparaissent dans son corps, ses membres épars prolongent à l'infini la courbe de son dos.

Plus tard, nous refaisons l'amour comme des enfants, sauf que les enfants ne font pas l'amour.

*

J'entends une sorte de bruit de fond constant autour de Beverly. Dès qu'elle paraît dans un endroit public, il se produit un ralentissement ; les gens se retournent, se figent. Ma propre fascination m'en a tout d'abord fait attribuer la cause à sa beauté.

En réalité, Beverly est connue. Elle mène une carrière d'actrice à Taïwan et Hong Kong. Elle est partie ce matin pour une quinzaine de jours à Taipei, où son nom professionnel lui a été attribué par une autorité spirituelle, afin de favoriser son destin. Réputée pour son jeu sobre, sa parole économe et ses sourires peu nombreux, elle a l'attrait des femmes froides et inaccessibles. Sa filmographie est encore peu fournie et plutôt honorable. Son nom est une option pour des productions moyennes ou des films de télévision ambitieux. Sa carrière est commentée sur les forums Internet spécialisés. De nombreux sites, autrement spécialisés, promettent de la montrer nue.

Elle est un personnage public, une fille publique sur qui chacun pense avoir des droits. Elle ouvre pour le commun des mortels des horizons de jouissances nouvelles et de futilités inédites. Elle est vouée à la gloutonnerie, au dépeçage, à la dévoration. La misère assiège vos portes ? L'ennui ronge le cœur de vos enfants ? Une seule image d'elle et vous serez guéris. Difficile de ne pas mépriser une actrice.

Avant son départ, je lui demande :

– Comment en es-tu arrivée là ? Je veux dire à exercer cette profession indécente ?

Pour lui poser la question, je prends mon air de ne pas y toucher, j'y accroche le sourire complice, lance les signaux du second degré. Mais elle ne s'y laisse pas prendre et me dévisage avec une lueur féroce.

– Je dois avoir quelque chose de spécial. Sinon, pourquoi moi ? Qu'est-ce que tu en penses ?

Elle n'attend pas de réponse. Une princesse chinoise.

*

La nuit dernière, j'ai composé le numéro de téléphone d'un appartement où j'ai vécu. Le numéro est toujours attribué. J'étais prêt à raccrocher immédiatement, mais personne n'a répondu. J'essayais sans doute de prendre des nouvelles d'une vie que je n'aurai pas. Il est difficile de partir complètement.

Pour venir ici, j'ai accepté une offre. L'appartement de Repulse Bay est loué par la société Fatales Stratégies, un marchand de jeux de simulation qui m'a demandé, comme si j'étais une sorte de mage, de lui dire ce qui se prépare en Asie. J'ai pris l'argent et le voyage, en échange je dois leur livrer une vision d'avenir.

Je prends des renseignements sur les sociétés concurrentes et les concepteurs qu'elles emploient ; j'enquête sur leurs habitudes, leurs relations, leurs marottes. J'accumule des informations objectives, du nom des personnages en préparation aux derniers livres achetés par le directeur du projet. Progressivement apparaissent des liens qui tissent la même idée. Je repère des motifs récurrents. Je dresse des listes de mots. Après en avoir rayé les deux tiers, il reste : Ürümqi, typhon, dragon, Nikola Tesla, cristallisation, Bernard Vonnegut, nuages, fusées… Je rédige un rapport mentionnant l'émergence d'un thème dans les productions de jeux de simulation en Asie : le contrôle du climat. J'étaye ensuite mon hypothèse avec une pesanteur propre à justifier le budget qu'on m'a consacré. De l'argent facile.

Je monte l'échelle de la plate-forme et me hisse hors de l'eau. Il m'attend. Ce n'est pas exactement une surprise. Un court instant, j'imagine une dispute, des coups échangés. Ce n'est pas le style de Carter. Je souris, il me sourit en retour. Peut-être est-il au courant, peut-être pas.

– On m'a dit qu'à cette heure je vous trouverais là.

– On vous a dit d'autres choses ?

Nous sommes assis face à la plage sur le ponton flottant que le roulis balance faiblement. Deux ou trois nageurs tracent leur sillon. Il me désigne, en face de nous, l'immeuble de trente étages à la façade ondulée et percée.

– Vous connaissez l'histoire ? L'architecte a prévu ce trou dans la façade pour permettre au dragon qui vit dans les collines d'aller se désaltérer dans la mer. Ne jamais empêcher le dragon de se désaltérer… Ce n'est pas Feng

Shui. Mais il ne faudrait pas non plus qu'il se croie tout permis.

Il prend son temps, pour bien me laisser entrevoir tous les sens possibles de son allégorie. J'opte pour l'interprétation la moins personnelle.

– Vous avez récemment travaillé sur un sujet qui m'intéresse, reprend-il. Un sujet éventuellement porteur. Je suis une sorte de guetteur. Comme vous, je guette le bon sujet. Avez-vous déjà vécu un ouragan ? Ce soir, le typhon sera là. La météo annonce une alerte force 8. Tout va s'arrêter. Cela fera comme un trou dans la continuité de cette ville. C'est une bonne occasion pour vous de savoir de quoi vous parlez. Il vaut toujours mieux se forger sa propre idée. Mais évitez de sortir, c'est dangereux. Je pars en voyage dans deux heures. En cas de besoin, il y a toujours une clé dans le porte-parapluies bleu à côté de la porte de service.

Carter sèche au soleil comme si la mer et les collines lui appartenaient. Nous continuons un moment à osciller sur notre ponton flottant et moquetté.

*

Le vent souffle. Je n'ai jamais ressenti une telle puissance. J'essaie d'aller au 7 Eleven à deux cents mètres de l'immeuble. Il est impossible de se tenir debout sans s'accrocher à quelque chose. Je rebrousse chemin, trempé, pris d'un fou rire nerveux. Les chaînes de télévision diffusent en permanence des messages d'alerte. « La ville qui ne s'arrête jamais » a trouvé plus fort qu'elle. Même la bourse a cessé ses opérations à quinze heures.

Avec la tempête, plus encore, j'ai la sensation que l'île est un bateau. Depuis que j'ai mis le pied ici, je réalise que je suis embarqué vers une destination inconnue. Je me sens jeune, exalté comme un marin sous le coup de son premier grain. Dans l'appartement, le sifflement du vent est assourdissant. À travers les fenêtres, je découvre le canal de drainage, à présent submergé, charriant les restes des baraques disloquées. L'eau déborde, franchissant le niveau des roues des voitures en stationnement. Elle dévale l'allée jusqu'à la petite porte et, contrainte par l'étroitesse du passage, se projette en gerbes vers la cime des arbres.

Je sens mon téléphone vibrer dans mon pantalon ; e-mail de Beverly : « Fais attention à toi, ne sors pas, je t'embrasse. J'arrive demain si l'aéroport est ouvert. »

À mesure que la nuit tombe, le vent augmente en intensité. Les montants des fenêtres tremblent à faire peur. J'augmente le volume du téléviseur et j'entends qu'on conseille de coller de la bande adhésive sur les vitres. Alors même que je reviens de la cuisine avec du scotch d'emballage, la baie vitrée du salon explose. Je suis commotionné par la déflagration et la surprise. J'ai du sang sur le visage, sur le torse, les bras, blessés par des éclats de verre. Le vent et la pluie s'engouffrent dans le salon et je me réfugie dans la cuisine. Dans les placards, je trouve des torchons avec lesquels j'éponge mon sang.

Je décide de descendre chez les Carter par l'escalier de service pour trouver de quoi me soigner. La clé est à l'endroit prévu. Dès que j'ai refermé la porte, tout est plus calme : l'orientation de l'appartement le protège sans doute. La configuration de la cuisine est à peu près semblable à la mienne. Sur la droite, il y a la chambre de service avec un cabinet de toilette. Je tâtonne pour trouver un interrupteur et je découvre alors mon reflet ensanglanté dans un miroir à trois pans. Des égratignures, mais aussi une coupure profonde sur l'avant-bras que je nettoie sous l'eau du robinet. Je retire les morceaux de verre de la plaie et trouve tout ce dont j'ai besoin dans une petite armoire à pharmacie.

J'ouvre la porte du salon : apparemment pas de dégâts chez eux. La lumière que j'allume éclaire la zone où est accroché un grand tirage photographique contrecollé sur une plaque de métal. C'est une scène de nuit : une jeune fille debout, de trois quarts, dans une ruelle éclairée par des luminaires fixés au mur, qui observe un chat roux et blanc. Elle a posé son sac à ses pieds et sa tête est penchée en direction de l'animal occupé à manger de la nourriture posée sur un papier blanc. Elle est habillée d'un tee-shirt blanc, d'un pantalon sombre qui lui arrive juste en dessous du genou, de chaussettes blanches et de baskets. On ne voit pas son visage, caché par ses cheveux coupés au carré. À l'arrière-plan, on distingue ce qui semble être la peau d'un animal, comme suspendue dans l'air. L'image évoque confusément un sacrifice animal, une démence sanguinaire.

Dans une maison inconnue, mon réflexe est toujours de consulter les livres. J'en trouve quelques-uns sur une table basse placée sous la jeune fille qui envisage le chat. Des albums grand format, un essai sur la pensée positive, un autre sur les cycles du capitalisme, quelques romans. Un simulacre de bibliothèque.

Dans cette réplique luxueusement meublée de l'appartement que j'occupe, le bruit constant des portes et des fenêtres qui vibrent sur leurs montants augmente le malaise que je ressens. J'ai l'impression que l'arrangement que j'observe peut se décomposer à tout moment sous mes yeux. J'arrête mon inspection, je remonte chez moi et m'enferme dans ma propre chambre de service sans fenêtre. Je m'endors sur le lit étroit et rêve d'un chat écorché qui court au ralenti ; je peux distinguer chaque muscle en action, dans une sorte d'extase biomécanique.

J'ai entendu un bruit cette nuit-là, un bruit que je n'avais jamais entendu auparavant, comme un corps qui rampait très lourdement et s'approchait de moi. J'ai concentré toutes mes forces pour arrêter la progression. Je sais que ça reviendra, inévitablement. Un jour le bruit me sera devenu tellement familier que je n'aurai plus peur et je me laisserai faire.

*

L'équipe de maintenance de l'immeuble a l'air de sortir d'un film burlesque hongkongais à la manière de Stephen Chow ; ils ne parlent ni anglais ni mandarin, pour peu que je puisse en juger. Je les laisse examiner les dégâts et je sors. Une équipe de la voirie finit de dégager un arbre sur la route ; une foule de gens sur la plage s'active à effacer les traces de la tempête. La ville a l'habitude.

Le chauffeur de taxi qui m'emmène à l'aéroport gueule en cantonais au téléphone. Comme le français de Marseille, le cantonais est une langue qui transporte avec truculence le petit théâtre des conventions de l'échange interhumain. J'ai pris l'habitude de repérer la récurrence des intonations et de les classer dans un répertoire mental des figures essentielles de la conversation. Le cantonais est un antidote à la mélancolie.

Je sors de cette nuit comme on sort de l'hôpital. La grâce touche-t-elle à sa fin ? Certaines choses se produisent quand on en parle.

J'arrive à l'aéroport construit sur l'océan. Beverly paraît dans le hall d'arrivée. Dans toute sa gloire. Elle porte un trench en soie mordorée et des sandales à talons dont les brides sont recouvertes de cristaux. Cette parure confère à ses pieds une importance égale à celle de son visage. Elle marche vite, droit devant elle et semble effleurer les surfaces de la réalité.

Je la regarde comme si rien d'autre n'existait. Je suis la moindre inflexion de ses mouvements, la plus légère intention qu'elle manifeste. Pendant que les autres femmes assument l'universelle condition, Beverly, comme une cible, se consacre à la représentation d'un au-delà de la vie. Elle s'est elle-même vidée de ses entrailles, elle est un ange. Lisse et réfléchissante comme un immeuble de verre, elle est vouée au malheur, au désastre, destinée à s'effondrer sous ce fardeau inhumain.

Dépêché par l'agent de Beverly pour l'assister et la conduire à la voiture, un jeune homme s'est chargé des bagages. La règle est qu'il ne faut pas traîner, être toujours en mouvement, ne pas laisser aux gens le temps de se décider à franchir le pas. Être quelqu'un de public, c'est être en transit entre deux espaces privés.

Nous quittons l'île artificielle par le Tsing Ma Bridge, longeons le port avec ses innombrables grues de transbordement qui glissent jour et nuit sur leurs rails, traversons le Western Harbour Tunnel sous la baie. Quand nous atteignons Hong Kong Island, nous avons retrouvé ces petits repères qui organisent notre intimité. Elle dort avec moi, chez moi, sur le grand matelas posé à même le parquet rouge. Elle s'est inquiétée de mes blessures et s'est occupée de moi. Elle a joué à l'infirmière, à la maman. Elle est endormie à présent. Dans son sommeil, elle se met à rire. C'est un vrai fou rire, toutes précautions, toutes défenses court-circuitées. Elle gigote convulsivement et son visage se tord de façon comique. J'ai l'impression de la voir pour la première fois. Je me mets à rire avec elle. Nous rions, chacun de notre côté du rêve.

Au réveil, elle reprendra sa vie, comme un intermède glamour entre d'ennuyeux programmes. J'attends l'aube à Repulse Bay.

*

Je me suis laissé aller au sommeil. Je me suis laissé aller à elle. Quand j'ouvre les yeux, elle me regarde, un regard qui me prend tout entier, qui ne me laisse aucune chance. Je lui raconte que moi aussi je l'ai observée cette nuit, alors qu'elle dormait.

– Tu commences à en savoir trop. Je vais être obligée de te faire disparaître. Ou alors faisons un pacte, dit-elle.

Elle ajoute comme pour elle-même :

– Je vis sur un drôle de manège, je ne suis pas sûre que tu comprennes.

– Je suis très motivé.

Elle me toise et je crois bon de renchérir :

– Même pas peur.

– Moi, un peu, dit-elle.

Je l'attire contre moi. Une envie instinctive d'être celui qui la protège. Une envie qu'elle reçoit intensément, avec une grande inspiration qui dit oui, un oui immense. Elle prend ma main et la serre sur sa nuque. Elle est nue sur moi, ses jambes repliées contre mes flancs. Elle me couvre de son corps, de ses cheveux, de transpiration, de sa salive, de son plaisir. Comme une onde en retour, la protection me revient. Beverly vibre, je n'existe que pour la maintenir. Après une telle émotion, je comprends qu'on éprouve le besoin d'appeler l'autre mon petit lapin ou mon petit oiseau.

Nous passons la journée au lit. Pour la première fois, elle a vraiment coupé les ponts avec l'extérieur pour être avec moi ; une parenthèse qu'elle s'offre dans son agenda de la conquête du monde. Son portable est éteint et son esprit a quitté la fréquence ultrarapide sur laquelle il est habituellement réglé. Nous parlons pour nous dire que nous nous sommes trouvés. Les heures dérivent sur sa peau de soie.

– Il arrive que des gens se précipitent sur moi en courant, dit-elle. J'ai l'impression qu'ils vont me piétiner. Ils s'imaginent je ne sais quoi… que je suis ce qu'ils désirent, une sorte de trophée ou de talisman. Ça m'arrive tout le temps. Pas seulement avec des inconnus. C'est parce que je deviens ce que les autres veulent, instantanément. C'est plus fort que moi. Avec toi, c'est pareil, je te donne ce que tu attends. L'autre jour, j'avais choisi une robe, une robe de cérémonie parce que je savais que c'était ce que tu voulais pour coucher avec moi. J'étais la femme que tu désirais que je sois. Je n'ai pas eu besoin d'y réfléchir. Je le comprends toujours après. Ça me rend dingue d'être comme ça. Toi aussi ça peut te rendre dingue. Mais tu m'as choisie, alors tu te débrouilles.

*

Le patron de Fatales Stratégies me demande de me rendre à Shenzhen pour rencontrer les gens d'un studio d'animation. Il veut leur sous-traiter une partie du développement d'une *chatroom* virtuelle. Beverly part chercher son fils chez une parente, je pars à Shenzhen. Nous sortons de l'immeuble comme un couple, chacun vaquant à ses occupations. C'est l'image que j'ai envie de voir.

Je suis arrivé il y a moins d'un mois et déjà je n'aspire qu'à elle. J'ai beau rêver de goûter aux différences, d'apprécier la variété des grains de peau, des odeurs, des rapports de volumes, des tempéraments, j'ai beau essayer l'inconstance, poursuivre les lumières, faire des tours de manège, je ne veux à la fin que le même sillon à creuser, que la fatale et cruelle obsession.

Quitter Hong Kong pour la journée me met de mauvaise humeur. J'ai l'impression d'être contraint à une escale technique dans une course contre la montre. Je passe la frontière des Nouveaux Territoires du côté de Luohu dans la voiture avec chauffeur que l'on m'a envoyée. Ces coulisses industrieuses du monde, entourées de barbelés, m'accablent à peine suis-je arrivé. Je pénètre dans une caverne où transpire une humanité condamnée à soutenir l'idée merveilleuse de la vie, n'en connaissant que les reflets déformés. Shenzhen est un purgatoire que l'on peut visiter. Les marchandises contrefaites et les Chinois en situation illégale attendent la bonne occasion. Les marchandises en trouveront sûrement une.

Le studio d'animation m'évoque un atelier de confection où les ordinateurs auraient remplacé les machines à coudre. L'informatique a perdu de son lustre en Chine. Après ma visite, je marche dans la rue ; deux très jeunes gamins accourent vers moi en me tendant des roses en plastique. J'essaie d'éviter leur charge, mais ils s'accrochent à mes jambes, m'empêchant d'avancer. Un troisième, à peine un peu plus vieux, se précipite pour entrer dans la mêlée. Avant qu'il y parvienne, je réussis à me libérer un peu rudement et je cours pour leur échapper. Le plus petit a le temps de me faire un croche-pied et je manque de m'étaler. Je reprends ma course. Le nombre et son malheur impensable galopent à mes trousses pour quelques kuai. Je frémis quand je pense à tous ces yeux, ces millions d'yeux convoqués au spectacle du bonheur des autres. Il ne faudrait pas qu'ils nous tiennent. Je sais bien que c'est impossible. Nous sommes intenables.

Je reprends mon souffle dans un restaurant, en buvant du thé. Les enfants du sous-prolétariat chinois s'attachent toujours à mes pensées. Je me soumets un instant à la multitude affamée, à la pauvreté et au malheur qui me sont épargnés. Cette fois, je recours à la sagesse orientale pour me débarrasser des va-nu-pieds. Les Chinois ont en effet réglé le problème depuis les origines : lasse de créer chaque être humain en le modelant de ses propres mains, la déesse Nuwa a terminé son travail en le bâclant. Les premiers hommes façonnés par elle devinrent riches, les autres, créés à la va-vite, restèrent pauvres. Pour les Chinois, les pauvres sont par nature des êtres humains mal finis. Il ne reste qu'à s'incliner devant la fatalité de la loi naturelle et, ainsi délivré de tout scrupule, boire à la santé des générations futures.

Je retourne dans la zone de confort, de l'autre de côté de la frontière, à Repulse Bay.

*

Beverly me donne rendez-vous en haut du cimetière de Chai Wan, à l'endroit où l'on rejoint l'itinéraire de randonnée du Dragon's Back, un lieu propice aux activités clandestines. Le taxi me dépose à quelques mètres de sa voiture. Elle baisse la vitre fumée de la portière. Je me penche à l'intérieur de l'habitacle pour l'embrasser. J'engage le bras, puis l'épaule, et avant que mon corps n'y glisse tout entier, elle me repousse gentiment.

– Puisque tu aimes marcher, viens.

Elle est en baskets, pantalon court et blouson. Toutes les matières qu'elle porte sont une invitation à la caresse, un avant-goût de sa peau. Nous laissons derrière nous le cimetière en terrasse et rejoignons le sentier qui longe le canal de drainage en béton. Beverly sautille entre les obstacles réels et imaginaires. Elle a trouvé une tige de bambou dont elle se sert pour battre les branches des arbustes. L'air sent les feuilles, la mousse fraîche. Le ciel blanc enveloppe par endroits la cime des arbres de filets de brume. Une colonie de fourmis traverse entre les pierres. Nous avançons lentement, seuls sur le chemin ; elle prononce des mots très doux, comme pour elle-même :

– J'ai l'impression de pouvoir me détendre pour la première fois depuis des années, d'avoir le temps. C'est ton air de te foutre de tout, ça me repose. Tu me rappelles Chow Yun-Fat, dans *Love in a Fallen City*.

– Je ne ressemble pas du tout à Chow Yun-Fat.

– Pas physiquement, dit-elle en riant. C'est ta façon de te promener sur la plage dans tes vêtements élégants, comme si tu marchais au milieu des décombres. Et ton regard auquel rien n'échappe.

Nos pas donnent une forme à notre cheminement intérieur.

Elle me demande d'où je viens, dans quelle famille j'ai grandi. Je parle des souvenirs que j'ai corrigés au fil du temps pour les rendre conformes à ce que je voulais croire. Je lui dis comment j'ai choisi mes prisons :

– Je me suis forgé ma version de l'histoire. Je pensais être l'héritier d'une lignée de coupables, de traîtres, au mieux de ratés. L'ironie, c'est que j'ai découvert récemment que ce n'était pas vrai, que la réalité était plus ambiguë. Mais c'était trop tard, j'étais devenu cette histoire-là. C'est comme un virus, une fois qu'on l'a attrapé, il faut vivre avec.

Sur un ton sans réplique, elle me répond :

– On peut décider d'être quelqu'un d'autre. Il y a toujours une autre place à prendre.

Nous quittons l'abri des arbres pour la ligne de crête qui descend vers Big Wave Bay. Les collines sur les îles ressemblent à des animaux marins paisibles trouant la surface de la mer de Chine. Le vent du sud nous caresse et souffle les longs cheveux de Beverly. Elle me prend par la main pour descendre le sentier caillouteux.

– Je suis revenue vivre ici quand j'avais 17 ans et je me suis débrouillée. Tu vois les bâtiments là-bas ? J'y ai fait un séjour.

Elle désigne le périmètre entouré de grillage du centre de détention pour mineurs du Cape Collinson, dont les installations s'étagent en terrasses au-dessus de la mer.

C'est peut-être pour me dire cela qu'elle m'a conduit ici.

– Je n'y suis pas restée longtemps. Je connaissais les bonnes personnes pour y entrer, mais aussi celles pour en sortir. Après, j'ai rencontré mon mari. Je voulais une vie normale.

Le sentier se transforme en escalier et après quelques centaines de marches nous arrivons sur la plage de Big Wave, au milieu des familles, des surfeurs et des touristes. Beverly enfonce la tête dans sa casquette, presse le pas vers la ruelle qui remonte vers le parking entre les échoppes et les bars de plage. Elle touche ma main furtivement et monte dans un taxi pour rejoindre sa voiture garée de l'autre côté de l'île.

Je reste un instant sur le parking, puis je reviens vers la plage en pensant que cette fille est une sorte de remake, une imitation maladroite, ce que le skaï est au cuir. Une contrefaçon d'étoile fabriquée à la va-vite. Et moi, un gogo qui s'apercevra une fois revenu chez lui de sa pitoyable affaire.

*

La blessure de mon bras ne semble pas vouloir guérir. J'y prends un certain plaisir. J'ai acheté des pansements étanches pour pouvoir reprendre ma natation matinale.

Quand j'arrive à la plage, je crois d'abord que quelqu'un s'est noyé, tant l'agitation est grande. Les shorts rouges et les maillots orange courent en tous sens, les badauds se consultent et scrutent le large. La mer est d'huile, le ciel blanc bleu, les tankers voguent. Pourtant, aucun baigneur dans l'eau. Un jeune Chinois me renseigne : quelqu'un a vu ou cru repérer l'aileron d'un requin. La plage est en état d'alerte, la baignade interdite. Le drapeau rouge voisine avec un autre drapeau portant le dessin d'un aileron.

Je rebrousse chemin et m'arrête au Starbucks. Carter y lit son journal. Je souris en pensant que, décidément, les requins sont de sortie. Lui et sa femme semblent s'organiser pour se croiser le moins possible. Je le regrette presque, tellement a été forte la première impression qu'ils m'ont laissée ensemble.

Il jette un œil à mes égratignures.

– Vous avez eu des ennuis ?

– Vous m'aviez pourtant prévenu.

Je lui raconte ma tempête et ma visite chez lui.

– Vous avez bien fait, dit-il en opinant de la tête. Vous avez vu la photo dans le salon, n'est-ce pas ? Beverly sur son premier tournage. Personne ne la reconnaît. C'était une autre personne.

Il me considère pensivement et reprend :

– La puissance des éléments… À ce propos : il y a ce supercalculateur au Nouveau-Mexique qui s'appelle Roadrunner ; il dit qu'il y a en Chine des événements météorologiques qui ne devraient pas exister.

– Et vous avez pensé à moi…

– Vous avez pris un peu d'avance sur le sujet. Fatales Stratégies est un de mes objectifs indirects. J'ai eu accès à votre rapport. Vous n'appartenez à personne, n'est-ce pas ? Écrivez-moi quelque chose qui fonctionne, une fiction vraisemblable. J'ai une grosse demande sur le sujet.

Carter m'a vu venir de loin. Avant même que j'existe, il me voyait venir.

Depuis que je vis dans cette ville, j'arrive à secouer l'étrange servitude qui veut qu'on maintienne la continuité de sa vie. Rien n'empêche en effet de sauter dans une autre histoire comme les cascadeurs sautent de toit en toit dans les films d'action. Bien sûr, il faut apprendre à tomber. Et il y a les limites humaines : on ne peut pas tomber de trop haut.

Je trouve une enveloppe glissée sous ma porte. Un chèque de 200 000 HKD signé par Carter, à mon ordre. Je le range dans un des placards de la cuisine.

*

J'attends Beverly. À toute heure, pour n'importe quelle raison. En permanence, j'attends. C'est devenu une fonction que j'occupe avec fatalisme et opiniâtreté. Elle me fixe des rendez-vous improbables où elle apparaît invariablement en retard. Elle se prête à toutes les demandes que sa carrière frémissante requiert, tentant de masquer sa satisfaction par un agacement feint. Je veux croire qu'elle ne se donne qu'à moi.

Pour tromper l'attente, je m'installe avec mon ordinateur au Club 64 à Lan Kwai Fong, au milieu de spécialistes des marchés anglais, australiens, chinois, qui tentent de tenir le coup en faisant la fête aussi souvent que possible.

Pour eux comme pour moi, la lueur familière de l'écran remplace la lumière du foyer. Je m'y plonge à tout moment pour fabriquer cet état de conscience mixte qu'on appelle réalité, le point de vue flottant entre l'espace physique qui m'entoure et les espaces-temps de la représentation. Rien de nouveau à l'ère numérique : les hommes pour devenir des hommes ont toujours agi ainsi. Mais la vitesse des interactions est devenue vertigineuse.

Je fais une découverte étrange. Dans deux articles, je lis exactement la même phrase, revendiquée par deux rédacteurs différents. La coïncidence s'expliquerait sans grand mystère si je n'étais l'auteur de cette phrase : « On peut imaginer un type de conflit si discret, si insoupçonnable et pourtant si efficace qu'il renverrait toute autre action à une gesticulation dérisoire ou à un leurre. » Elle est tirée du rapport sur les manipulations climatiques que j'ai écrit pour Fatales Stratégies. C'est comme un petit signe amical, un retour à l'envoyeur. On lance des mots en l'air et on les voit revenir dans un autre contexte, pour un autre usage.

Je n'en tire pas la conclusion que ma voix a une quelconque importance ou que quelqu'un l'écoute plus particulièrement. Je ne suis qu'un point parmi d'autres, facultatif et marginal, dans cette fiction globalisée où l'on entre comme dans une église, le poids d'une dette infinie sur les épaules.

En contrepoint des thèses officielles sur le dérèglement climatique, un récit se propage, soudainement relayé par toutes les agences de presse dans un bel élan commun ; il a été échafaudé par un réseau d'illuminés qui croient à l'existence d'une conspiration visant l'asservissement du monde. Selon eux, les États-Unis possèdent la technologie capable de modifier le climat. Depuis le centre de Gakona en Alaska, ils mènent des guerres invisibles, provoquant des catastrophes climatiques par manipulation de l'ionosphère. De son côté, la Chine conduit ses expériences sur ses propres populations dans les provinces du Xinjiang et du Tibet. Des autorités scientifiques et politiques expriment leurs inquiétudes ; l'information se construit et prend l'apparence de l'authenticité ; les chancelleries entrent dans le jeu et officialisent l'existence de « tensions entre Pékin et Washington ». Chaque crise a sa valeur d'usage. Ces protestations formelles doivent correspondre à un besoin. Peut-être à celui de l'agenda parlementaire américain, qui prévoit le vote d'une rallonge au budget de l'armée. Ou à des tensions sociales en Chine. Les conjonctions sont plus ou moins élégantes, les causes plus ou moins éloignées des conséquences.

J'ai trouvé de belles et énigmatiques photos de la base de Gakona. Elles me reviennent régulièrement à l'esprit et persistent d'une étrange manière. Dans une sorte de rêve éveillé, j'ai parfois la sensation de marcher entre les antennes gigantesques pointées vers le ciel, au milieu d'un paysage désertique. Sur le sol enneigé, des remorques de camion d'un blanc immaculé sont régulièrement alignées. Le réseau de flèches métalliques vibre insensiblement pour témoigner du silence des ondes. D'autres images montrent les installations posées au milieu de la végétation estivale du Grand Nord, comme la trace monumentale d'une visite extraterrestre ou d'une civilisation disparue. J'aime cet endroit, il m'aide à croire que le futur existe, que l'énergie humaine s'intensifie, qu'elle est capable de repousser les limites qu'on lui assigne.

*

Au Club 64, je rencontre Philippe. Dans la cohue du début de soirée, nous nous apercevons en train de boire nos bières et, sur la foi de nos têtes, nous devenons amis.

La véritable amitié est un enfantillage superbe et je n'ai plus l'âge. Disons que Philippe est l'avatar que je me choisirais un jour de gaieté, une façon de marcher en avant ou à côté de moi-même.

Son physique est tout en longueur. Un criminologue le décrirait comme le type même du leptosome. Il a le corps étroit, les membres graciles, les côtes affleurant sous le tee-shirt, le visage et le nez allongé, le teint pâle et les cheveux de jais. Chaque fois qu'il rit, et il rit beaucoup, ses yeux se plissent et font disparaître ses pupilles noires et perçantes, comme pour bien séparer la surface des profondeurs. Il est installé à Hong Kong depuis cinq ans et a épousé une Chinoise atypique : elle parle parfaitement français et ne veut pas d'enfant. Elle regrette la France où elle a vécu quelque temps. Chacun sa ligne de fuite.

Philippe se passionne pour les mouvements qui agitent la Toile ; il y cultive son point de vue acerbe d'ancien punk. Il sait lire dans l'Internet comme d'autres dans le marc de café, affirmant qu'un œil exercé peut y voir l'avenir. Dans un local qu'il partage avec d'autres travailleurs du Web, Kowloon Side, qui tient plus de l'entrepôt que du bureau d'études, il m'a initié à observer les fluctuations de l'imaginaire planétaire. Il est parvenu à une représentation cartographique en temps réel des requêtes Http : de même que l'on peut situer la position d'une personne sur une carte grâce à son téléphone portable, on peut suivre la propagation des sujets d'intérêt des internautes en fonction de leur origine géographique. Une sorte de mappemonde des passions humaines ou des manipulations spectaculaires en cours.

Je tape « Beverly C. » dans la zone de recherche. Une carte de l'activité des requêtes Internet la concernant s'affiche à l'écran. Toute une partie du monde ne s'intéresse pas encore à elle. Sa vie est une sorte de maladie contagieuse contenue dans les limites d'une zone géographique.

J'inscris « alerte + météo + catastrophe ». Le logiciel affiche un planisphère qui témoigne d'une activité impressionnante. J'ai la sensation d'une texture vivante, d'une matière organique. Les requêtes viennent de tous les continents, avec des zones de grande activité qui correspondent à des catastrophes climatiques récentes. On peut y lire les ouragans dans les Caraïbes, les incendies en Californie et en Grèce, les pluies diluviennes en France et en Italie, l'alerte au tsunami en Indonésie et au Japon, une crue torrentielle aux Philippines, des coulées de boue en Chine. Les menaces et les risques sont partout. La demande d'informations explose de façon exubérante.

*

À peine entrée, Beverly m'attrape par le bras et me traîne jusqu'à la fenêtre, où elle s'expose à la pleine lumière du jour.

– Alors ?

Elle revient d'un salon d'esthétique. Un courant galvanique de faible intensité lui a tendu le tissu cutané, illuminé le teint. Je suis abasourdi par sa beauté. Je cherche à comprendre, il n'y a rien à comprendre. La magie de son sourire me tient. Elle tourne sur elle-même, ses cheveux se soulèvent et me balayent d'un souffle parfumé. Tout son corps est enchanté, tout son corps m'enchante.

– Je vais voir les gens d'une marque de cosmétiques avec mon avocat. Je veux être parfaite.

Elle a cet esprit de victoire, cette façon de jouer le jeu qui me stupéfie et m'exaspère à la fois.

– C'est quoi cette odeur ? demande-t-elle en se figeant.

– Ah oui, ils sont venus remettre du gaz réfrigérant dans la climatisation.

– Je déteste cette odeur.

Sa respiration est retenue, devient courte, saccadée. Je suppose que l'odeur du gaz l'incommode. Elle file dans la salle de bains, je la suis pour m'assurer qu'elle va bien.

Face au miroir, les deux mains appuyées sur le lavabo, elle fixe son image comme si elle voyait le vide. Elle lutte, paraît fournir un immense effort, puis éclate en sanglots.

– Beverly, qu'est-ce que tu as ?

Je ne suis pas du tout sûr qu'elle m'entende. Elle est terrifiée, paralysée, les traits déformés par la panique.

– Je ne vois rien, je ne vois rien, je ne vois rien, répète-t-elle sans fin.

Je la prends dans mes bras en lui criant :

– Tu es là, je te tiens.

Elle tremble longtemps contre moi, soufflant des mots épars, la bouche entrouverte. Elle dit qu'elle est en train de perdre quelque chose, qu'il va être trop tard.

Voilà. Mon point de vue délicat d'esthète va devoir composer avec ça. Chaque vie a un prix. Personne n'échappe à la condition commune, à la dépression, aux entraves, à la douleur. Beverly non plus. Je voulais le ravissement perpétuel, mais Beverly ne me garantit de rien, surtout pas de devoir l'aimer.

Elle explique un peu plus tard que ces crises la rattrapent de plus en plus rarement. Elle me voit désemparé, elle cherche à me rassurer. Nous nous sommes allongés et j'ai fini par m'endormir. Lorsque je me réveille en pleine nuit, elle n'est plus là.

*

Je marche sur Queen's Road dans la cohue de la fin d'après-midi. L'air est lourd et chacun presse le pas vers un lieu climatisé. J'entre chez HMV. Je m'adresse à un vendeur tout en longueur qui semble être la version chinoise de Philippe. Je lui demande des films avec Beverly C. Il m'en propose plusieurs, m'en recommandant un plus particulièrement.

– Dans celui-là, elle est vraiment bien, dit-il avec un sourire de petit garçon qui laisse entendre qu'il parle plus de sa beauté que de son talent.

Je sors du magasin par un labyrinthe de galeries vitrées et climatisées pour rejoindre le jardin botanique. Il est entouré d'immeubles que je connais par leur nom, comme des amis assis autour d'une table : il y a Centrium, The Center, le prétentieux Entertainment Building, Henley, les jumeaux Landmark Gloucester, le géant et lointain IFC, Standard Chartered, HSBC, Bank of China père et fils, le grand Cheung Kong, le sombre City Bank, l'étrange Murray… Les tours abritent les arbres, les protégeant des entrées maritimes. Peu de conséquences visibles de l'ouragan sur les plantations de ce côté de la ville. Des décennies de colonisation anglaise ont travaillé le paysage de l'île en la dotant d'un réseau de drainage, de réservoirs, de parcs naturels, de chemins de randonnée ; ciment et bitume ont conquis les pentes des collines, enserré les arbres, comblé les talus. Le béton et la végétation se sont conjugués, finissant par échanger leurs qualités essentielles. Ici, nul besoin de choisir. C'est peut-être pour cela que j'aime autant cette ville.

Dans le *China Daily*, un article évoque la recrudescence des cyclones tropicaux. Tout le monde s'inquiète et tout le monde s'en fout. Il règne ici un état d'esprit général de conciliation. Chacun est occupé à la vérité du moment, paie son tribut à la nécessaire marche du monde, sans discuter, sans état d'âme. Le labeur est la condition. Le monde n'est pas un mystère à déchiffrer, mais une affaire en cours. Si ce n'était ce manque d'entrain, cette hargne contenue, on pourrait croire que les gens sont heureux. Ils n'ont juste pas de temps à perdre à s'interroger sur le sujet. Les mécaniques paranoïaques ont du mal à fonctionner à

HK, comme si tout avait déjà eu lieu. Le site est hospitalier pour les vieilles âmes et les survivants.

*

Je tire les rideaux, je me déshabille, je dispose les oreillers, remonte le drap, pose mon ordinateur portable sur les genoux. J'introduis le dvd, celui où « elle est vraiment bien ». J'ai presque le trac. Le film est un thriller qui se déroule dans les rues et les arrière-cours de Hong Kong. Il est porté par une colère qui l'élève à un degré d'intensité rare. Elle interprète le rôle de la maîtresse d'un parrain de la mafia, fascinée par une jeune Européenne. Les deux jeunes femmes, caressées par le sentiment amoureux du metteur en scène, avancent sans trêve vers une fin tragique entre les règlements de comptes et leurs rêves brisés. Il y a cette scène où l'une d'elles fête son anniversaire dans un karaoké. Le réalisateur les filme en plan rapproché, en noir et blanc, au ralenti le plus extrême. Elles fixent toutes deux le même point, hors champ. Leurs visages se touchent, leurs chevelures noire et blonde s'entremêlent, leurs sourires et leurs yeux rayonnent d'une lumière surnaturelle. Chacune révèle ce que l'autre a d'unique et d'irremplaçable. C'est le plus beau jour de leur jeune vie.

Un flot de larmes, qui cherchait son chemin depuis une éternité, m'empêche de continuer à voir l'insupportable spectacle de la vie qui s'en va, image par image, de la beauté, de la jeunesse qui passent, qui sont déjà passées, que le temps n'a de cesse de massacrer.

Je voulais croire que je m'en sortirais toujours, qu'à la fin rien ne m'atteindrait vraiment. Je suis tellement malin. Je voyagerais dans la vie comme un touriste de première classe, sans jamais sentir les angles, le froid et la brutalité des limites. Mais depuis toujours, j'ai préparé mon voyage pour me souvenir de toi. Que l'amour m'emporte.

Comme si j'avais entendu une autre voix que la mienne parler par ma bouche, je tente de me reprendre, de remettre le costume, de retrouver ma place, mon cher enfer, à moi, rien qu'à moi. Trop tard.

*

Nicholas est à Hong Kong. Personne mieux que lui ne connaît ma vie. Il traîne à sa suite le cortège de mes parents, de mes amis, de mes ex. C'est mon vieux copain. Il va instantanément refaire de moi un petit paquet de vieilles idées mal ficelées, comme la version bêta d'un logiciel pleine de bugs et d'erreurs de conception. Je sais qu'il va ressentir la même chose. C'est comme ça, entre vieux amis. Il m'a donné rendez-vous au Regent, où il a loué une suite à 20 000 HKD la nuit et probablement les services d'*escort girls* dont Hong Kong regorge, comme chaque fois qu'il voyage. C'est sa façon de s'accorder de la valeur. Il arrive dans le hall, souriant, bronzé, costume, montre et lunettes de marques, portant l'ensemble avec l'air de dire : « Tu as vu comme je joue le jeu ? » On s'embrasse. Nous nous efforçons d'être joyeux. Nous savons depuis longtemps que nous ne pouvons rien l'un pour l'autre. C'est notre approche de la fraternité.

Nicholas parle toujours beaucoup de lui. C'est un agrément tacite entre nous, une distribution des rôles. Cela me convient très bien.

– J'ai passé la nuit à Macao, j'en reviens à l'instant. Magnifique lupanar, dit-il en riant. Les filles sont sublimes. Tu dois bien t'amuser. Tu fais quoi aujourd'hui ?

– Rien.

– Tu viens avec moi.

Nous roulons vers Happy Valley dans la voiture de frimeur qu'il a louée. Un immeuble des années quatre-vingt en bordure du champ de courses, qui a fini par atterrir dans le portefeuille de l'un de ses clients, a besoin qu'on l'aborde un peu différemment. C'est le métier de Nicholas de regarder les immeubles sous un autre angle.

– Je n'avais pas vraiment besoin de venir à Hong Kong, mais c'était un bon prétexte.

Nous visitons les parties communes avec le concierge et il nous accompagne au 18e étage où un plateau est inoccupé. Nicholas ne considère pas les détails, il respire l'atmosphère. Nous plongeons dans le panorama.

– Le ciel… C'est ça qu'il faut vendre, le ciel. Qu'est-ce que je fous en France ? Je comprends que tu aimes cette ville. Non, au fond, je ne comprends pas. C'est plutôt une ville pour moi. C'est *hardcore* ici.

– Je suis un passager clandestin.

– Tu sais où tu vas ?

– Je n'ai pas la feuille de route.

– Tu ne reviendras pas ?

– Non.

Il sent d'instinct que convoquer le passé nous éloignerait.

– J'ai vu ce qu'il y avait à voir. On va se boire une bouteille de champagne à l'hôtel. J'ai un jacuzzi sur la terrasse de ma chambre avec une vue sur la baie à tomber par terre. Aux frais de la princesse.

Nicholas se donne des airs, mais c'est un garçon d'une extrême délicatesse.

Comme deux aspirants au paradis publicitaire, nous voilà contemplant la *Skyline*, un verre à la main, barbotant dans notre bain à bulles.

– Dis-moi, dans ton domaine, on s'intéresse au climat ?

– Ça monte en puissance. Les promoteurs veulent se protéger des aléas climatiques. Des malins fournissent de l'expertise, des études pour expliquer à ceux qui prennent des risques qu'en vérité ils n'en prennent pas. Le climat est devenu un produit financier. Tu peux même spéculer sur les phénomènes météorologiques comme sur les matières premières. Concrètement, tu as deux produits dérivés pour te protéger contre le risque climatique… Mais je te la fais courte : c'est en train de devenir un business majeur et ça s'appelle : "Va-t-il pleuvoir demain ?" Tu veux devenir Miss météo ?

Une nuit mauve et profonde tombe sur la baie, les gratte-ciel s'allument, on se marre comme des imbéciles heureux et, pour ce soir, tout le reste n'est rien.

*

Je marche depuis l'hôtel jusqu'au Star Ferry Pier. Les relents marins de varech et de gazole me renvoient les images d'une crasse incrustée, d'ordures séculaires. Je devine la rouille sans cesse à l'œuvre, sapant les fondations sous-marines des quais, les scellements et les ancrages des ouvrages portuaires. À force de combler la baie pour augmenter les surfaces constructibles, la traversée est de plus en plus courte entre Kowloon et HK Island, ce dont ce matin je ne me plains pas, car le roulis me porte sur le cœur.

Arrivé à destination, je bute sur l'image de Beverly en train de faire de la publicité. « L'amour est l'accomplissement de la loi. » Cette phrase surgit brusquement dans mon esprit. À ma grande surprise, je me rappelle qu'elle est de saint Paul. Une réminiscence de ma scolarité chez les pères maristes. Je n'aime pas trop que mon inconscient me parle avec des phrases bibliques.

Pour dissiper les embruns de la nuit, je prolonge ma marche sur le réseau de passages couverts extérieurs, là où s'organisent les cheminements piétons, surplombant la circulation des voitures, des bus et des trams. Le niveau inférieur assombri, encombré et dangereux, sera bientôt abandonné aux transports, aux activités triviales et aux pauvres. Les autres vivront sur un deuxième sol suspendu, dans une ville au-dessus de la ville. À Hong Kong, la Jérusalem céleste est en construction et les places seront chères. Je redescends sur la route vers Admiralty, je hèle un taxi ; vingt minutes plus tard, je suis à Repulse Bay. Le relief des collines et des îles me recentre. Ce paysage semble me contenir, comme si tout mon imaginaire y trouvait à s'incarner. L'âme et le paysage, un joli thème aux couleurs délavées.

*

– Où étais-tu cette nuit ?

– Je suis content que ça t'intéresse.

– Tu as accepté de l'argent de mon mari ?

– Je garde le chèque dans un placard.

– Pourquoi ?

– Parce qu'il est parfois utile de passer pour un imbécile.

Beverly est arrivée hier soir. Cette fois, elle revenait du Japon. Elle a sonné à ma porte à peine étais-je rentré. Elle se tient debout dans le salon vide, à deux mètres de moi. Entre nous, il y a cette mystérieuse distance qui bat comme un cœur. L'amour suppose courageusement l'existence de l'esprit. Après un long silence, elle reprend avec une colère qu'elle voudrait froide :

– Tu crois peut-être que tu as une mission ? Que tu dois me soigner, me sauver ? Tu es descendu sur terre pour longtemps ? Tu repars quand ? Dis-moi.
– Cette fois, je veux rester.
– Réfléchis bien.
– Non, je ne réfléchis plus.

Beverly a une marque de naissance bleue sur la septième cervicale. Après avoir fait l'amour, j'aime y poser mes lèvres.

*

De vieilles, très vieilles inquiétudes remontent à la surface des consciences. Le monde va-t-il être englouti par le déluge ? Les pécheurs vont-ils disparaître et les vertueux exercer leurs vertus ? Des nuages noirs, culpabilité et punition, suspendus au-dessus de nos têtes. Les temps derniers. Un bon thème, goûté par la plupart des hommes. Ça va plaire. Ça plaît déjà beaucoup. J'ai souvent la pensée globalisante en descendant l'escalier.

J'y croise le fils de Beverly avec sa nounou. Il me détaille avec attention. Le petit a une tendance à l'obésité. À l'âge de deux ans, on a diagnostiqué un trouble bipolaire. On le traite pour stabiliser son humeur à coup d'antipsychotiques. On peut seulement espérer qu'il tombe sur un lot de médicaments contrefaits sans principe actif, en provenance des Nouveaux Territoires, ce qui lui éviterait au moins de développer un diabète.

Progressivement, je sympathise avec un habitué de la plage et du matin.

– *Mr Ze,* me dit-il en se frappant la poitrine.

Il doit avoir dans les 70 ans et, quand il sourit, 60 de moins. Il a entrepris de m'apprendre à plonger à sa manière depuis les plates-formes flottantes : deux pas d'élan, un appel à pieds joints et il s'envole avec un ressort et une légèreté que j'ai du mal à imiter. J'apprends à rebondir avec Monsieur Ze.

Cette nuit, j'ai rêvé que je tenais un bébé dans mes bras et que je le remettais à un vieux monsieur chinois dans un aéroport. Jamais je ne pourrais lui raconter une chose aussi compliquée : cela va au-delà de nos capacités de communication. Néanmoins, nous nous débrouillons avec des gestes, des grimaces, et nous sommes de bons camarades de plate-forme.

Entre les arbres et les poubelles régulièrement espacées, les balayeurs ramassent les feuilles mortes sur le sable et nous escortent vers les bâtiments où se trouvent les bains publics. Côte à côte le long des colonnes de douche alignées, nous procédons dignement à nos ablutions. En vieil habitué, Monsieur Ze garde toujours ses tongs aux pieds, impulsant une énergie joyeuse par le claquement de ses petits pas rapides.

En sortant, il désigne les immeubles au-dessus de la route et me demande :

– *Mr Ze, home ? Come ?*

– *Ok, Mr Ze.*

Monsieur Ze vit dans la résidence Repulse Bay, l'immeuble en forme de vague. Son appartement est au-dessus du trou ménagé pour laisser passer le dragon. Je suis content comme un chat en exploration, et il l'est tout autant de faire découvrir sa maison et son point de vue sur l'océan.

Nous sommes samedi et les gens arrivent à la plage en famille. Plusieurs personnes barbotent dans l'eau, des jeunes, des mères jouant avec leurs enfants. À cette hauteur, la grande île de Lantau sur la droite est entièrement visible.

Devant la baie vitrée trône une table de mah-jong sur laquelle est posé un coffret en cuir rouge à quatre tiroirs.

Sur un mur, il y a le portrait d'une femme très belle.

– *Mrs Ze, dead.*

Il s'attarde sur le portrait avec le même sourire que s'il m'avait dit qu'elle était en vacances.

– *Wait, wait…*

Il revient avec un album photo.

– *France.*

Le mot ouvre l'album de voyage du couple et l'imaginaire de Monsieur Ze. Il parle mais je ne comprends pas, alors il utilise le traducteur intégré à son téléphone mobile :

– *Do you miss home ?* dit la voix du téléphone.

Monsieur Ze attend la réponse avec un sourire confiant.

Je n'ai pas le cœur de lui dire que mon pays m'ennuie à mourir, que je ne veux plus y remettre les pieds, que la maison France n'existe plus, qu'elle est devenue une petite épicerie qui cherche à écouler son stock d'infaillibles jugements et de cartes postales.

– *Yes, France beautiful country.*

J'ai fait de mon mieux. Je prends congé de Monsieur Ze.

*

– Il n'habite plus ici. Je lui ai demandé de partir.

Beverly m'en informe en se maquillant. Elle ne quitte pas le miroir des yeux. Je fixe le fond de mon bol. D'un commun accord, nous ne faisons semblant de rien. Fin d'adultère. Nouvel état des choses.

Avant que débute le nouveau tournage, je propose que nous partions ensemble quelques jours. Allons à Bali. Dans cinq heures, nous sommes sur la plage à Jimbaran. Elle me dit oui. Mais il faut qu'elle appelle son agent. Non, c'est vraiment dommage, elle ne peut pas partir en ce moment. Elle aurait bien voulu. Une prochaine fois. Elle m'embrasse, elle a des rendez-vous toute la journée, on se voit ce soir, tard. Je me retrouve seul. J'erre dans l'appartement, de pièce en pièce. Je me poste à la fenêtre d'une des chambres qui domine la route. J'ai l'impression d'être le passager d'un train de nuit, réveillé par l'absence soudaine de mouvement du convoi. Suis-je arrivé quelque part ?

*

– Dans votre dernier film, vous jouez le rôle d'une jeune femme analphabète, employée comme bonne à demeure par une riche famille hongkongaise. Votre personnage devient de plus en plus agressif à l'égard de ces gens plutôt bienveillants.

– Je joue une femme qui envie tout ce qu'elle n'a pas, tout ce qu'elle sait qu'elle n'aura jamais. Le bonheur de cette famille a quelque chose d'insupportable qui lui donne l'envie de leur faire du mal.

Je coupe le son du téléviseur où l'image de Beverly trône en majesté. Je ne serais pas étonné que quelqu'un, un jour, se précipite sur elle pour lui planter un couteau dans le cœur. Elle incarne la distance infranchissable dont elle parle : belle, riche, célèbre, adulée. Elle manipule la fascination comme un chimiste des composés instables. À la prochaine révolution, il se pourrait qu'on guillotine les acteurs.

Le téléphone vibre et affiche son nom. Elle me demande de la rejoindre à une soirée au bar Aqua, où un marchand de bière a organisé la présence de stars pour le lancement de sa nouvelle bouteille dessinée par un designer français. Beverly me sort du placard.

Je la trouve déjà installée sur le *photocall* dans le hall de la tour. Beverly n'a pas à prendre la pose, elle se transforme en image, instantanément. Son corps rayonne d'une puissance photogénique. Elle est comme le chaman qui accepte d'être mis en pièces, de repaître les esprits de sa chair et de son sang, pour obtenir le pouvoir de guérir et de voyager dans les sphères. Elle sort du petit décor aux couleurs du brasseur néerlandais et me prend par la main. Par ce geste, elle fait de moi un gibier pour la presse *people*. Les flashs crépitent jusqu'à la fermeture des portes de l'ascenseur où nous restons seuls. Elle m'embrasse en me caressant avec l'une de ses jambes. Je la sens prête au combat. Beverly est un ogre. Les portes s'ouvrent sur le dernier étage panoramique et le tumulte de la foule. Elle va tous les manger. Elle me garde pour plus tard. Les décibels font vibrer la pénombre surpeuplée. Elle embrasse des gens, qui m'embrassent à leur tour, elle rit, elle lance des signes de la main dans différentes directions, captant l'attention de tous. Je décide d'être affable et sympathique. Je bois tous les verres de champagne que l'on me tend, suivant le mouvement de la comète Beverly. Je rencontre un artiste parisien au cynisme rafraîchissant. Il est venu spécialement de Paris pour faire une intervention avec des bombes de peinture sur un mur blanc construit à cet effet. Il bombe également les tee-shirts des convives à la demande. Sa peinture est constituée de signes élémentaires et d'un sens aigu des relations publiques.

– Tu as attrapé la reine de la soirée, me dit-il.

– La reine des illusions, une vraie magicienne.

– Cette ville est extraordinaire, s'exclame-t-il en contemplant l'assistance et le panorama nocturne de la baie. Et dire que j'ai pris un paquet de pognon pour venir dessiner trois traits sur un mur !

Nous sommes en effet extrêmement gâtés et légèrement ivres. Une fille habillée en joueur de football se met à danser de façon extatique devant nous. Il commente :

– Splendide. *Move it, move it, move it.* Le monde est enchanté. Sois positif et bouge !

Il se lève, la rejoint et l'attrape d'une main par les fesses, faisant honneur à l'art contemporain et à la France.

Beverly me présente à quelques-uns de ses collègues, des acteurs dont je connais les visages pour les avoir vus dans des films. Chacun est en service commandé. Les deux heures contractuelles s'achèvent, Beverly prend congé de l'assistance éblouie et assez largement défoncée. Direction le Drop, où l'on nous attend. Notre départ est réglé comme une opération militaire dérisoire, par des personnages agités, vêtus de divers uniformes.

Beverly procède à quelques retouches de maquillage et change de tenue dans la limousine. Pendant un instant, elle est poitrine et jambes nues, ne portant que son string et ses escarpins. J'ai l'impression un peu navrante d'être dans un clip de rap. L'alcool et sa chair nacrée endormant mes réticences sarcastiques, je pourrais l'entreprendre, mais nous sommes déjà arrivés.

– Tu es belle.

Elle vérifie le désir dans mes yeux et d'un mouvement de jambes éblouissant se propulse hors du véhicule. Ses cuisses chaudes et douces me serrent la gorge.

L'étroite allée qui mène au Drop me frappe immédiatement : c'est le lieu où a été prise la photographie de la jeune fille et du chat, qui se trouve dans le salon de Beverly. Je ferais bien de me méfier.

Le monde de la nuit pratique le culte des conventions : partout la même pénombre moite, le même décor tape-à-l'œil, les mêmes bouteilles dans les mêmes seaux à glace, la même musique, la même ambiance pornographique. Le *clubber* ne connaît pas le dépaysement. On me toise avec envie car on pense que j'ai du pouvoir, de l'argent, que je jouis et fais jouir sans entraves. Une femme vient embrasser Beverly et s'assoit entre nous. Elle se frotte à nos corps avec application. Toutes les boîtes de nuit sont des boîtes à partouzes qui s'ignorent. Il me vient une pointe de nostalgie pour la rue Thérèse à Paris et son club échangiste qui sent si fort le bonbon à la menthe que, les nuits d'été, la rue en est embaumée.

Nous rentrons sans savoir comment.

*

J'ai rêvé de Louis. C'est comme si une main invisible avait plongé entre la cime des arbres pour me saisir.

Il pleut ce matin. Les nuages avancent en procession dans la lumière opaline. Des frissons d'ombres se détachent des angles des murs, glissent en figures ivres et lasses. Un oiseau se fige dans le ciel, le temps n'avance plus.

On m'avait donné rendez-vous dans une grande maison d'édition à la politique commerciale agressive. Il est tard. Louis, que je rencontre pour la première fois, vient me chercher à la sortie de l'ascenseur ; nous traversons les bureaux déserts, installés à l'étage d'un bâtiment néo-gothique. Les premiers mots qu'il prononce, la façon si particulière dont il place sa voix, exercent sur moi un pouvoir immédiat.

– J'aime les églises. Savez-vous pourquoi on les a construites sur des cours d'eau souterrains ? Parce que l'eau ouvre des passages insoupçonnés dans les consciences. L'eau sait trouver sa voie, toujours. Le courant vous traverse, l'oppression diminue, comme si votre être s'écoulait peu à peu. C'est une libération. Anticipée. La vie est si grave.

La vie est si grave : cette phrase est sortie de ma bouche l'autre jour, avec le même cynisme froid, le même sourire de cardinal.

Louis est de ces hommes qu'on trouve rive gauche à Paris, entre le cinquième et le septième arrondissement. D'une très bonne éducation, il a été plongé depuis son plus jeune âge dans un cercle élitiste d'hommes et de femmes qui font la société française : artistes, écrivains, hommes politiques, chefs d'entreprise. Ce sont des amis, des voisins. Leurs enfants vont dans les mêmes écoles, ils s'invitent dans leurs maisons de campagne, ils vont aux mêmes enterrements. Il est naturellement arrivé aux commandes d'une grande maison qu'il s'emploie à moderniser, selon les règles de la profitabilité attendue par les amis et voisins actionnaires. « Aujourd'hui, chacun veut vivre au-delà de ses propres événements. Qui peut dire ce qui existe ? La brume s'accumule au point qu'il devient difficile de dire si le sol est toujours là. » Il joint le geste à la parole et le tâte du pied. « Je sens quand il y a un récit quelque part. Je mène ma petite enquête sur l'esprit humain et sa destination. »

Je me plaçai instantanément dans le sillage de Louis. Une sorte de soumission réflexe au mâle dominant. Il me proposa de m'employer à ce que je maitrisais : lire. Lire les ruminations crasseuses, les rêves de puissance, les états d'âme dans la lumière des foyers, les confessions de monstres complaisants. Un éditeur reçoit beaucoup de manuscrits et les auteurs sont rares. Louis pensait que quelque chose pouvait sortir de ce tas de papier qu'il n'éditerait jamais, qu'une approche méthodique du rebut pouvait conduire au jackpot éditorial.

Les premiers temps, je connus un plaisir intellectuel intense. Je reliais des éléments entre eux, je leur trouvais une organisation, une dynamique. Je m'exerçais à repérer des solutions génériques, à reconnaître des configurations récurrentes sous la diversité apparente de ce que je lisais. J'éprouvais un sentiment grisant de toute-puissance solitaire. Ce travail était un cadeau dont la plupart des gens ne pouvait voir la portée. J'étais le maître du jeu.

Je construisis une base de données à partir des archives des fiches de lecture. Peu à peu, du chaos, par-delà les différences superficielles, se dessinaient les contours élastiques de proto-personnages contemporains. La méthode supposait avant tout de coller à l'actualité. Je créai un site Internet destiné à collecter et trier les récits, témoignages et autres textes. Le nombre des contributions se réduisait aisément à quelques dénominateurs communs. Ainsi prenait forme un état présent et fugitif de l'imaginaire contemporain. Pour faire de l'argent, tout est toujours une question de timing, d'adéquation au moment du cycle.

Louis m'invita à célébrer la mécanique supérieure, qui ne voit ni n'entend personne, qui avance, indifférente.

*

En contrebas de l'arrivée du tramway au sommet de Victoria Peak, il y a une maison rectangulaire, cernée par la végétation. Elle est construite sur un socle en béton muni de contreforts. Son toit est plat avec une cheminée. Du point de vue architectural, la maison est sans qualités. Elle est construite en pleine pente et on ne peut y accéder que par un escalier. Les fenêtres et la porte sont ouvertes. Elle semble abandonnée.

Il m'est arrivé au détour d'une conversation sur Hong Kong d'en parler à un inconnu. J'ai vu son regard s'éclairer comme si je lui avais dévoilé que nous étions de la même famille. Chaque grande ville possède au moins un endroit énigmatique qui polarise les rêves des citadins. On peut croire un moment qu'on est seul à avoir une inclination particulière pour ce lieu. Puis on comprend qu'il s'agit d'un mythe urbain partagé par d'autres.

Il y a quelques photos de cette maison sur Internet, dans des blogs ou des albums photo publics. J'en trouve une très récente : les fenêtres ont été murées, les murs badigeonnés de peinture blanche. Il faut que j'aille voir par moi-même. Je traverse le jardin botanique, j'emprunte la passerelle au-dessus des échangeurs, rejoins Macdonnell Road et le Tramway Path à la station intermédiaire, où j'attends le prochain tram, attaqué par des petites mouches que la végétation et l'humidité favorisent. Le parcours accidenté des trams rouges de la Peak Tramways Company Limited déroule un panorama qu'on hésite un instant à trouver magnifique, tant le cliché s'interpose devant la sensation.

À l'arrivée, j'aperçois la maison, qui m'évoque un visage défiguré et me plonge dans la mélancolie. J'ai ce besoin puéril de racheter l'indifférence du monde. Tout ce que j'aime ne parle que de cette dette imprescriptible envers les jours perdus et les disparitions en cours, alors même que je devrais prendre part à la marche du monde, tracer ma route, vaincre, jouir. Comment dire, le cœur content, la conscience en paix : « Il est temps de profiter de la vie » ?

Je redescends en courant vers Central, entraîné par le degré de la pente et la dépression au-dessus de ma tête.

Cette journée n'en finit pas. Accablé par l'humidité, épuisé par la foule des visages que je croise et tente de retenir, j'entre dans le gigantesque IFC Mall avec l'idée vague de retrouver le magasin où j'avais acheté du thé, lors d'une escale à Hong Kong. Le courant d'air conditionné colle sur mes bras et mon torse ma chemise lourde de sueur froide. Je crois me souvenir de l'emplacement, mais la démesure de l'espace et la disproportion des hauteurs provoquent une perte progressive des repères. Je prends des escalators qui me mènent à des étages incertains, j'emprunte des coursives ovoïdes, je contourne des fontaines, je débouche sur des places monumentales tout de verre et de marbre. Peut-être faut-il monter encore. Je déambule devant des magasins vides de clients, devant des emplacements vides de commerces. J'erre au hasard dans ce mausolée aux surfaces réfléchissantes et à la lumière morte. Je marche depuis une éternité, mon but s'éloignant à chaque pas. Je me sens glisser dans un état d'hébétude proche du malaise. Je m'accroupis, adossé contre un mur. Le temps passe. Nul ne m'aperçoit.

*

Je nage de plus en plus longtemps dans une eau de plus en plus froide. Je traverse parfois des zones absolument glacées qui me coupent le souffle. L'effectif des maîtres-nageurs a diminué brusquement. Depuis quelques jours, Monsieur Ze ne vient plus à la plage. Je jette un coup d'œil vers ses fenêtres. J'ai rendez-vous à une heure cette nuit avec Beverly, dans un restaurant de Wan Chai. Elle sera sûrement en retard.

Travailler, gagner de l'argent, fonder une famille, voir grandir ses enfants, ses petits-enfants. Travailler dur, sans rémission. Telle serait la règle ici. Pourtant, Hong Kong offre des refuges à la lisière de l'existence. Repulse Bay est un de ces promontoires d'où l'on peut voir, confortablement installé, la ville et le monde tourner. Je m'y donne l'illusion d'être quelque part, alors que je suis à côté. Je m'attache à des angoisses de nanti, comme : le panorama est-il une jouissance suffisante ?

Je prends un café avec Philippe au Club 64.

– Pas mal la photo. Et le titre : « Le fiancé français de Beverly C. » Ils disent que son mari veut te casser la gueule.

– Je ne pense pas. Il fait comme moi, il attend.

*

Je sais quand c'est arrivé, quand les choses ont basculé.

Elle s'est levée très tôt pour aller tourner une scène de rue dans le quartier de Wan Chai. Sur une impulsion, je décide de la rejoindre. Comme la plupart du temps à Hong Kong, le tournage a lieu sans autorisation administrative et l'équipe doit agir comme un commando. Je repère un camion-loge dans une rue. Les membres de l'équipe préparent la scène avec des mines de braqueurs de banque. Comme on attend le dealer, j'attends l'apparition de Beverly. Après plus d'une heure à tourner en rond, je vois la caméra surgir de nulle part et Beverly paraître, marcher, entrer dans un magasin et en sortir en courant. Fin de la scène.

Je reste encore un moment à vibrer, stupéfait par la grâce de cette femme que je ne connais pas. À partir de ce moment, ce que j'ignore d'elle me semble un abîme que rien ne pourra combler. Je suis pris. Ce n'est pas l'amour, ce n'est pas la jalousie, ce n'est pas elle. Un jour, l'obsession vous attrape. L'addiction, après vous avoir bien observé, vous choisit. On entre alors dans un labyrinthe de questions à demi formulées, d'angoisses vagues, d'anticipations fébriles.

Je repense à ces dernières semaines et aux signes précurseurs de la catastrophe. Quelque chose rampait vers moi. Cela m'a rattrapé et pèse à présent comme un chat sur la poitrine d'un dormeur. Tout me désigne Beverly comme l'objet du désir. J'obéis à une suggestion qui gagne progressivement mes régions les plus intimes sans que je puisse m'en défendre. La vérité des autres est finalement devenue la mienne. Logés à la même enseigne, désir et rancœur s'enveniment l'un l'autre.

Ma vie consiste à attendre le prochain moment où je serai avec elle pour vérifier qu'elle n'est pas vraiment avec moi. L'après-midi, pour tuer le temps, je dors. Quand je la retrouve, je la touche, je l'embrasse mais je n'arrive plus à la croire tout à fait. Je guette une nuance inconnue, un détail, une absence qui me confirmerait qu'elle n'existe pas, que j'ai tout inventé. Je scrute ses photos professionnelles en compagnie de gens célèbres, sa façon systématique de sourire, de pencher la tête en cherchant l'objectif. Je les compare à celles que j'ai prises d'elle : mon sang se fige en n'y voyant aucune réelle différence. Au fond, je n'obtiens rien de plus que les autres. Même pendant l'amour, quand elle est sur moi, elle a cette manière au moment où elle m'offre le spectacle de sa jouissance de se figer et de s'évanouir en arrière qui me laisse tellement seul.

*

Tard dans la soirée, Beverly monte chez moi. Elle parle sans cesse, m'expliquant que ses nouveaux agents vont faire décoller sa carrière internationale, qu'elle va tourner une publicité pour un soutien-gorge et aussi pour un produit de beauté français, qu'elle a été élue la femme la plus sexy d'Asie par un magazine, qu'elle part rencontrer un réalisateur japonais. Je suis fatigué, énervé. Je m'en prends à elle.

– Tu n'as toujours d'intérêt que pour toi-même. C'est un profond mystère. D'où vient cette inlassable passion ? Dans quelle région de ton individu prend-elle naissance ? A-t-elle toujours existé ou est-ce le fruit d'une application opiniâtre ? Est-ce beaucoup de travail ? Que deviendrais-tu si mes semblables et moi-même ne consacrions nos vies à applaudir tes insolents succès ?

– Qu'est-ce que tu as ?

– Tu n'as jamais aucun doute, n'est-ce pas ? Tu as raison. Je marche au doigt et à l'œil. J'aime ça. Parfois, il m'arrive d'avoir pitié de moi-même. Ça marche… Le monde est à tes pieds.

– Quel est ton problème ?

– Tu es sans vergogne.

– Il faut du courage pour se montrer, un courage que tu n'auras jamais. Tu juges, tu méprises. Tu t'accomplis dans le néant avec plus d'obstination que n'en mettrait un mort.

– C'est donc que je suis vivant.

– Pauvre imbécile ! Quand, à la fin, on me demandera ce que j'ai accompli, je pourrai dire : j'ai mis du désir dans le cœur des hommes et des larmes dans leurs yeux, je les ai enviés de vouloir se perdre, d'être morts d'amour. Moi, je mourrai vieille, toute petite et toute rose. Un jour, une voix d'enfant dira : « Tiens, mamy s'est endormie sous l'arbre. Ah non, elle est morte. » Les gens seront tristes, ils penseront à moi. Qui pensera à toi ?

*

Carter vit désormais à Mid-Levels, dans un immeuble près de l'arrivée de l'escalator couvert. Mes pas m'y conduisent sous un prétexte que je peine à trouver. L'enfant et sa nounou sortent de l'immeuble. Je les observe de loin, comme s'ils détenaient un secret. Beverly ne parle jamais de son fils. J'imagine qu'il doit vivre désormais avec son père. Le petit s'est arrêté et arrache sa main de celle de la nounou. Il la fixe avec colère. La femme essaie de le convaincre de repartir. Ses gestes sont doux et patients. Il hurle. Elle tente encore d'apaiser le petit obèse. Il est le maître. Il est affreusement seul. Je me retourne brusquement pour m'enfuir par les escaliers roulants. En descendant, j'effleure l'épaule d'un jeune type occidental en costume, sans doute fraîchement débarqué. Il m'interpelle :

– Eh, attention, vous n'êtes pas seul au monde !

L'adrénaline monte en moi en une fraction de seconde. Je l'attrape par la cravate et le colle à un poteau.

– Qu'est-ce que tu veux, connard ? Hein ? Qu'est-ce que tu veux ?

La peur que je lis dans ses yeux me rappelle à moi-même. Je le lâche et il s'échappe en courant. Je suis presque content de moi. Je tremble légèrement et des gouttes de sueur me brûlent les yeux. Arrivé en bas de l'escalator, je m'adresse les mêmes mots : qu'est-ce que tu veux, connard ?

J'entre dans une cantine qui sert des soupes de nouilles sur des tables en formica. Les serveurs ont l'âge d'être mes grands-pères. L'un d'eux pose un bol devant moi ; d'un geste, il m'indique la sauce soja et, d'un autre, la serviette qu'il voudrait me voir accrocher à ma chemise. J'obéis. Je mange ma soupe.

*

Ça me gratte. Comme de gros poux. Une vie primitive et grouillante à la lisière ou peut-être en moi, près du cœur déjà investi. Je ne peux plus rester en place. Je me débats. Je passe de plus en plus de temps au nord de l'île, à errer entre Central, Wan Chai et Causeway Bay. Je prends la foule comme un moyen de transport aléatoire vers nulle part. J'envisage chaque visage de femme que je croise comme une alternative, une échappatoire. Je me sens comme lorsque j'étais adolescent et que le corps des filles m'obsédait, que je ne pouvais détacher mes yeux de leurs seins, de leurs fesses. Aujourd'hui, bouclée dans un larsen qui me vrille, la pulsion n'espère même plus.

Je prends l'hydroglisseur à destination de Macao. Nicholas m'a parlé du Lisboa. Je vais au Lisboa. La péninsule en vue, un énorme nuage sombre roule et menace. Pourtant, sur la mer, l'air semble figé. Une flotte de bateaux de toutes tailles, de toutes formes converge vers l'entrée des installations portuaires et vers la succession des trois ponts qui relient Macao à l'île de Taipa. Le bateau navigue entre deux arches du premier pont, long de plusieurs kilomètres, puis vire sur la droite vers le terminal maritime extérieur.

Une annonce en portugais diffusée par les haut-parleurs du bord nous informe de l'arrivée. Chacun se dépêche de débarquer pour filer vers sa destination finale : le jeu, la fête, l'oubli. Un taxi me conduit au Lisboa. L'hôtel-casino est une sorte de pièce montée tout en marbre et en dorures. Le hall abrite un bestiaire sculpté, des dragons, des phénix, des continents à la dérive. Je traverse des salles de jeux circulaires spectaculairement éclairées. Les joueurs occupent chaque mètre carré disponible, enfermés dans leur propre bulle d'excitation et d'angoisse. Je me sens presque normal au milieu d'eux.

Je glisse à l'étage inférieur où les magasins et les prostituées attendent les clients. Elles marchent sur le parcours circulaire de la galerie marchande, jusqu'à ce qu'elles en soient éjectées par la force centrifuge de l'argent d'un touriste ou d'un joueur en veine. Il y a quelques grandes Russes, mais ce sont principalement de jeunes Chinoises. L'une d'elles se précipite à ma rencontre avec un large sourire enfantin ; elle s'approche si près que je bascule le haut de mon corps en arrière, dans un mouvement réflexe. Par jeu, elle compense mon mouvement, elle se met sur la pointe des pieds et penche son buste vers moi. Notre petit sketch nous amuse. Elle me dit qu'elle a une chambre ici en m'indiquant le chemin de l'ascenseur. Je la suis à quelques pas. Elle a des tongs aux pieds, elle porte un pantalon de jogging moulant, un débardeur qui laisse largement voir son soutien-gorge. Elle a probablement passé beaucoup de temps à se maquiller. Elle est jolie, un peu rustique.

Il y a quelques mois, elle habitait sans doute un village *in Mainland China*. Deux femmes ouvrent la porte et sortent pour nous laisser la place. La chambre est plutôt luxueuse. Elle allume la télévision et une cigarette. Elle me dit qu'elle s'appelle Su Yang. En culotte et soutien-gorge, elle s'assoit à mes côtés sur le bout du lit, sans quitter des yeux le téléviseur fixé au mur. C'est une émission de variétés avec des chanteurs à la mode. Comme il fallait s'y attendre, le clip de la dernière chanson de Daniel Ye en duo avec Beverly C. est au programme.

Su Yang est hypnotisée. Ensemble, nous suivons les affres de l'amour mis en scène à grands renforts de gros plans sur la sublime souffrance des deux chanteurs. Des bateaux, des soleils couchants, des appartements désertés, des avions qui s'en vont. Su Yang bat des mains comme une toute petite fille.

J'ai une brusque montée de haine pour Beverly. Comment peut-elle profiter à ce point de la candeur du monde ? C'est elle, la putain. Je prends Su Yang dans mes bras pour la détourner de ces images.

– Tu as un drôle d'air. Tu n'es pas content avec moi ?

– Très content. Mais je n'aime pas la chanson. Ce n'est pas... vrai.

– C'est pour ça qu'elle est bien.

Elle enlève son soutien-gorge.

– Tu ne regardes pas pareil, toi, dit-elle.

– Je regarde comment ?

– Pas pareil. J'aime bien.

Je caresse le corps de la femme que je viens de m'offrir. Su Yang manifeste une avidité enfantine dans sa façon d'embrasser. Un filet de bave coule le long de son menton. Elle empoigne ma queue avec résolution. Elle accomplit sa tâche avec probité et énergie. Belle mécanique, beau travail. Dix minutes, peut-être quinze, de pleine adhésion à un autre corps. Une vraie lutte. Je suis content d'en être capable, même si ce n'est pas avec la femme que j'aime.

Plus Beverly s'exhibe, plus je cherche une façon de disparaître. Je pourrais me cacher ici, dans cet hôtel, au milieu des créatures et des joueurs de passage, l'esprit bouclé *in pornland*, là où les femmes n'existent pas. Je ne distinguerais plus le jour de la nuit, je pousserais l'absence d'intention à une telle extrémité que c'est à peine si je sentirais que je vis. Le corps du serpent me pend par la bouche et je n'ai qu'une chose à faire : mordre pour lui couper la tête et la recracher au loin avant qu'il ne m'étouffe. À moins que je ne me laisse faire.

À mon retour, Hong Kong me considère de toute sa hauteur, comme une proie tellement facile qu'on peut remettre son dépeçage au lendemain.

*

Que sait Beverly de ce que je vis ? Rien, probablement. Elle me trouve seulement taciturne. Et pénible.

– Tu es occupée, demain ?

– Je ne tourne pas. Je dois aller à Taïwan pour une émission avec Daniel.

– Le duo…

– Tu n'aimes pas, je sais. Moi, je trouve ça amusant.

– Dans ce cas…

– Tu n'es pas obligé d'avoir un avis sur tout. Tu sembles plutôt désœuvré ces temps-ci, non ?

– J'avais des choses à faire… Je n'arrive pas à me souvenir. Quelque chose dans la nuit des temps.

Comme un kyste, la tension grandit entre nous. Non, au fond, elle ne grandit qu'en moi. Le désir et la méfiance mêlés se sont noués en une douleur entre les côtes, une présence ancienne qui attendait le moment propice pour se réveiller. Je pourrais respirer profondément pour maîtriser mon anxiété. Je pourrais précipiter Beverly du haut d'un escalier, voir ses membres se disloquer dans un décoratif agencement. Mais je ne veux pas du repos. Je veux jouir de mon angoisse, m'enfermer dans son excitation délétère jusqu'à disparaître, comme le lapin réintègre le chapeau du magicien.

Chaque fin de journée, je passe au Club 64. J'y bois bière sur bière. Dès que l'occasion se présente, j'engage un petit commerce social, des conversations avec des inconnus dont j'aurai oublié les visages le jour suivant. Je m'assieds à des tables, j'écoute, je prends l'air intéressé, je blague, je suis extrêmement sympathique. Je ne me reconnaîtrais pas si je me croisais.

Aujourd'hui, je suis attablé avec des Anglais qui travaillent dans le quartier autant qu'ils y font la fête, des habitués qui comme moi ne consomment pas seulement de la bière. Tout en frôlant ses genoux, je cherche les yeux de Martha, une jeune femme blonde arrivée à HK depuis peu. Au bout de quelques verres et visites aux toilettes, je l'imagine en train de me gifler dans son petit tailleur d'*executive* d'où le soutien-gorge s'échappe obstinément. Un verre de plus et je lui lèche les pieds, mon visage déformé sous la plante, ma langue entre chaque orteil. Je sens l'excitation de Martha, mais peut-être pense-t-elle à un tout autre scénario. Ce qui est certain, c'est qu'elle a un besoin urgent de relâcher de la vapeur. Moi, je veux rester sous pression.

En quittant le bar, je rôde dans les ruelles du quartier ; je m'arrête devant un immeuble vétuste. Je repère la configuration de sa façade chaotique ; pris d'un vertige alcoolisé et d'une témérité artificielle, j'entreprends de l'escalader. Chaque prise me semble une évidence. Au quatrième étage, une femme se penche à la fenêtre, me houspille en cantonais, m'attrape par le bras et me force à entrer, me sauvant ainsi probablement la vie. Je me laisse basculer à l'intérieur, me retrouvant à ses pieds sur la moquette. Elle continue à crier en me tapant dessus du plat de la main : je l'ai finalement, ma petite séance SM avec la dame chinoise du quatrième. Je bats en retraite, sors de l'appartement, de l'immeuble, et repars au hasard.

*

253 messages non lus. Machinalement, je jette un œil à la liste des expéditeurs : le nom de Louis me saute au visage. Je ne peux que constater le trouble qu'il produit encore sur moi. « Les affaires me conduisent à Hong Kong le 26 et le 27 janvier. J'aurais plaisir à vous voir. Bien à vous. Louis. »

Il y a moins d'un an, j'étais avec lui dans son bureau. Nous travaillions beaucoup et souvent très tard. Nous avions chacun notre territoire ; Louis administrait lui-même la « littérature ». À l'instar de l'Église qui se servait du latin pour mystifier le peuple des croyants, il privilégiait l'intimidation d'un style ésotérique, l'artifice pouvant masquer la banalité de la pensée et la vulgarité des sentiments.

Quant à moi, ma mission spécifique consistait à repérer des formules narratives simples. Il comptait sur moi pour aller à l'essentiel. J'avais parfois l'impression d'élaborer le programme d'un parti politique autoritaire dépeignant un monde effrayant et une condition humaine simplifiée, faite de besoins élémentaires, de conceptions saturées de bons sens.

J'avais par exemple isolé ce cadre narratif : la rencontre entre un jeune homme ambitieux et un vieil homme riche et puissant. Une rencontre comme on gagne au loto. Lors des tests auprès des lecteurs, le récit semblait susciter une séduction immédiate. Louis en tirait une formule, un diagramme enfantin :

– C'est une bonne direction. Nous pourrions l'appeler : « Un jour, ma vie commencera ». On satisfait un besoin essentiel : celui de croire au miracle. Choisissez parmi une dizaine de manuscrits et proposez-moi une façon de les développer. Je me charge des auteurs. Je trouverai les mots justes pour les amener à produire ce que nous voulons.

La démarche fut fructueuse : des produits éditoriaux mieux définis, moins de déchets, une augmentation statistique des bons tirages. Dans un format classique, un best-seller couronna nos efforts. Les droits d'adaptation cinématographique furent achetés par un studio américain. De très courts textes, téléchargeables sur téléphones portables connurent un incroyable succès commercial.

Pendant longtemps, lorsque j'approchai du point de rupture, Louis sut trouver les mots pour apaiser mon malaise :

– Nous remplissons une tâche importante : proposer des histoires simples qui donnent l'impression de comprendre, qui délivrent du tourment de devoir chercher un chemin et d'y avancer seul. Vous savez bien que ce n'est pas facile de se déplacer dans les contradictions du monde, il faut une carte. Nous en proposons une avec de jolies couleurs, voilà tout. Il n'y a rien de honteux à rassurer ceux qui en ont besoin.

Ce travail me détruisait souterrainement ; mon esprit s'effondrait. Je me sentais responsable d'un abus moral ; la figure du mal me hantait. Je masquais mon angoisse par un cynisme mondain qui évolua peu à peu en une hargne implacable. L'arnaque me semblait générale et les gogos innombrables. Je m'en prenais à mon entourage, sur lequel je pouvais vomir mon mépris. Aux femmes en particulier, coupables d'aimer le factice, d'y prendre plaisir. Je lançais mes imprécations à une amie, une maîtresse, une collègue :

– Tu aimes te soumettre, c'est plus fort que toi, tu veux te sentir petite, tu veux qu'on t'emporte, peu importe que ce soit sur une trottinette, ton imagination se charge du reste. Tu es du genre à faire la queue des heures, à applaudir à tout rompre, à crier bravo, à multiplier les rappels. C'est un instinct chez toi, c'est une supplication. Tu dégoulines de reconnaissance. L'admiration, ça remplit le vide. Il n'y a qu'une femme pour se prosterner de la sorte.

Puis, je m'en prenais à moi-même. Il m'était périodiquement indispensable de disparaître de la surface de la terre : deux jours dans un hôtel à consciencieusement m'assommer avec toutes les substances disponibles, à jouir de mon anéantissement. Et pour finir, ma figure dans le miroir qui demande pitié.

*

Le restaurant dans la tour IFC se prend pour un musée d'art contemporain : de grands espaces quasiment vides, des couloirs interminables, un halo de lumière tamisée. Le calme des grands fonds. Des humains y circulent ou y stationnent, flottants, infiniment légers, indécis. Nous sommes installés dans la salle des spécialités sichuanaises, avec la vue sur Kowloon. Sur la table, il y a deux théières que les serveurs sont attentifs à maintenir toujours pleines. Je bois le thé aux chrysanthèmes.

– Comment allez-vous ? me demande Louis.

– J'ai trouvé un endroit que j'aime.

– Recommencer sa vie… Le rêve américain, en Asie. Mais on n'échappe pas à sa vie, pas plus qu'à sa mort d'ailleurs. Je suis né le lendemain de la Toussaint, le jour de visite aux cimetières. On me souhaite mon anniversaire et on va fleurir les tombes. En me faisant venir au monde un jour de deuil, ma bonne étoile m'a montré ce qu'on appelle un raccourci saisissant.

Il émet un rire léger. Il parle avec douceur, lentement, profitant de ma nervosité comme d'un mets délicat. Il a cette assurance du parrain qui évalue l'emprise qu'il exerce.

– Nous avons bien travaillé ensemble. Vous avez un don dramatique. C'est aussi votre problème. Vous prenez tout très au sérieux.

– Je cherche un chemin.

– Un chemin. Nous sommes sur une autoroute vide et sombre, le faisceau des phares éclaire quelques dizaines de mètres d'asphalte inconnu, au-delà nous ne distinguons plus rien, nous ne sommes même pas sûrs de ne pas rouler à contresens. Notre vitesse augmente sans cesse. Entre les glissières de sécurité qui encadrent notre trajectoire vertigineuse, nous avançons dans le grondement sourd de rouages, de tensions indécises. Le temps n'a plus de réalité. Pour user nos nerfs, nous comptons les lignes du marquage horizontal et, grisés par le défilement lumineux de ces signes qui disparaissent sous nos roues et figurent notre progression, nous décidons d'y voir l'inéluctabilité de notre devenir. Nous voilà confiants et sereins, prêts à foncer vers un destin mécaniquement tracé à la peinture blanche. Un chemin en effet. Si vous voulez.

Louis aime les longues périodes, les grandes tirades à la française, comme les jardins, où il peut se montrer à la fois calme et magnétique.

– Vous pensez pouvoir distinguer le vrai du faux ? Vous ne savez rien, personne ne sait rien. Vous pouvez aller où vous voudrez, rien n'y fera. Le monde a disparu. Vous arriverez toujours en retard, dans des lieux où tout est mort depuis longtemps. Une ombre mécanique s'est glissée en nous et nous actionne comme des pianos. Notre musique est sans faute et sans esprit. Elle est donc infiniment reproductible. Les gestes sont les mêmes. Il est indifférent pour notre vie qu'ils soient ou non accomplis. Mettons que vous ayez vécu la « perte de l'innocence ». C'est un joli moment narratif. Mais il faut écrire la suite, n'est-ce pas ?

La parole de Louis est un brouillard qui s'étend sur moi, me laisse sans repère, incapable de distinguer le haut du bas, le lointain du proche. Une sensation presque plaisante. En travaillant à ses côtés, j'avais fini par me sentir comme un homme de main, un tueur à gages indifférent, professionnel comme des millions d'autres fonctionnaires qui appuient sur le bouton, sur la gâchette, sur le piston de la seringue, envoyant la fiction nécessaire pour satisfaire la demande, pour que ça fonctionne, pour que la machine continue à tourner. Un opérateur de l'abstraction économique. Un Carter parmi d'autres.

Si personne ne sait rien, reste l'effroi devant la perfection lisse des apparences. Le courage consiste alors à faire un pas en avant en croyant de toutes ses forces que ce ne sera pas dans le vide. Là commence le romanesque.

2

Je me laisse amadouer par la douceur du matin et je vais courir autour du Victoria Peak, puisque décidément il fait trop froid pour nager. L'absolue beauté du paysage rend la course facile. J'ai encore l'odeur de Beverly sur moi et l'échauffement de mon corps en développe les effluves mêlés. Le chemin serpente au-dessus de la ligne sommitale des immeubles construits en contrebas. La pente du Peak permet d'appréhender leur verticalité à différentes hauteurs. C'est d'ailleurs une particularité de Hong Kong, la hauteur y est toujours relative, ambiguë, le sommet toujours proche du sol.

Je tends mon esprit vers la ville implacable, la lumière, la rumeur… et vers l'océan tout autour qui est encore la ville. C'est elle que je respire, c'est elle que je sens pulser comme mon sang. Le temps d'un éblouissement, mes liens avec elle sont aussi tangibles, aussi enveloppants que si quelqu'un me prenait dans ses bras. Le vrai trésor de la vie est à portée de main : une fraternité anonyme et sans visage. J'arrête ma course, essayant de prolonger ce sentiment, tant que j'ai le cœur d'y croire. Sur les pentes du Peak, derrière les murs, les clôtures de sécurité, on devine des villas de plusieurs dizaines de millions de dollars et les limites du partage. Le cynisme à mes trousses, je reprends ma course.

Je cours en direction du réservoir de Pok Fu Lam, présumant qu'en continuant le Hong Kong Trail je trouverai bien un chemin pour rejoindre Repulse Bay. J'imagine qu'on peut pratiquer un sport par plaisir. Pour ma part, je l'envisage comme un entraînement à la souffrance. J'essaie de m'y habituer.

Le temps ralentit. Je suis dans ma foulée, dans ma respiration. Je sens mon corps plus dense à chaque seconde qui s'écoule. Je souffre pour garder le rythme dans les côtes, j'espère l'arrivée à chaque virage. Deux heures plus tard, j'atteinds vers Wong Nai Chung Gap, où je retrouve Repulse Bay Road. Je marche lentement sur le trottoir, reprenant mon souffle. Mes poumons me brûlent, mes jambes tremblent. La douleur est une satisfaction. Bien fait. Je m'achète un peu de complaisance, un droit à une existence superfétatoire, comme une usine achète un droit à polluer. Je n'irais pas jusqu'à m'arracher un œil, bien sûr.

Je marche sur la route jusqu'à la Seaview Promenade. Venant à ma rencontre, un vieux monsieur avance à petits pas, soutenu par une jeune fille. C'est Monsieur Ze. Il me reconnaît et me sourit, l'air fatigué.

– *Granddaughter*, me dit-il en désignant la jeune fille qui n'a probablement pas plus de quinze ans.

Elle me tend la main. Je demande à Monsieur Ze s'il a été malade. C'est elle qui me répond :

– Il a des problèmes de tension.

Elle est jolie, encore encombrée par sa propre séduction. Le regard et la voix sont francs, directs, d'une exigence aiguisée. Elle est un mélange de vulnérabilité, de défiance propre à son âge et de quelque chose de plus rare qui ne s'en laisse pas conter.

– Votre grand-père m'a appris sa façon de plonger. Il m'a aussi montré une photo de votre grand-mère. Vous lui ressemblez.

– Elle était beaucoup plus belle que moi.

Elle rougit légèrement. Monsieur Ze s'adresse à elle en mandarin.

– Il dit que vous êtes l'ami de Beverly C. Il sait que je l'aime bien.

– Je ne lui en avais jamais parlé.

– Il vous a vu avec elle dans un journal.

– Ses films vous plaisent ?

– Pas spécialement. Mais j'aime bien qu'elle n'ait pas l'air commode.

Elle le dit et je m'en souviens.

– Oui, moi aussi, lui dis-je avec reconnaissance.

*

Je ne descends pratiquement jamais chez Beverly. Notre vie d'amants voisins s'organise chez moi, dans un appartement de fonction, dont plus rien aujourd'hui ne justifie que je l'occupe encore. À l'exception d'une table, six chaises, un canapé Chesterfield noir et un grand matelas posé à même le sol, l'appartement est vide. Le parquet verni rouge suggère luxe et espace. Je ne veux surtout rien de plus. Une fois par semaine, la femme de ménage consacre la journée à traquer la poussière. La quasi-absence de mobilier lui laisse le champ libre pour opérer de façon maniaque. Je comprends et partage sa satisfaction.

Beverly va et vient entre nos étages, au gré de ses besoins. Elle a laissé quelques affaires dans la salle de bain et dans le dressing de la chambre, mais c'est chez elle que la fabrication de son image publique s'élabore. Elle y reçoit une quantité de gens qui lui prêtent des vêtements, des bijoux, qui la coiffent, la maquillent, réfléchissent à des stratégies de beauté et de style. Elle monte parfois me demander mon avis. J'observe ce travail autour de sa personne, cherchant à comprendre comment naissent les éclairs de beauté qui la traversent. Parfois, je pense avoir trouvé. Je ne voudrais plus qu'elle change. Avec ses pommettes hautes, elle a une façon d'être belle qui semble dire : « Rassurez-vous, vous allez vous en remettre. » Évidemment, je ne m'en remets pas.

Nous faisons l'amour souvent. Je la désire, mais une réticence me tient spectateur de nos transports. Qu'elle ne semble pas s'en apercevoir accentue mon malaise. Peut-être est-elle trop amoureuse de son corps, trop satisfaite des sensations qu'il lui procure ? Alors je donne le change. Entre ses cuisses, je ne suis pas à plaindre. Mais l'ombre mécanique qu'évoquait Louis s'est bien glissée en moi et m'agite.

Nous n'avons pas eu besoin d'en parler pour nous accorder sur l'idée que le lieu de son ancienne vie familiale n'était pas propice. Ce n'est jamais moi qui viens la chercher, ce qui serait logique puisqu'elle habite à l'étage inférieur ; c'est elle qui monte et sonne à ma porte quand elle est prête. Je me suis autorisé une ou deux fois à venir chez elle. Comme un invité, je suis resté sagement dans le premier salon. Je sais à présent que son appartement, que je croyais être le jumeau de celui que j'occupe, est beaucoup plus grand. Sans doute à cause de l'état de confusion dans lequel je me trouvais la nuit de tempête où j'y suis entré pour la première fois, je ne m'étais pas aperçu qu'à la place de la cloison qui existe chez moi, un autre espace en miroir s'ouvrait, en face de la photo de l'écorcheuse de chat. Moi qui traque Beverly avec tant d'obsession, je laisse délibérément sa maison hors de mon enquête. Inconsciemment, je lui obéis.

Cet après-midi, elle est partie une nouvelle fois à Taïwan pour quarante-huit heures. J'imagine que la bonne à demeure en profite pour rendre visite à sa famille. À la nuit tombée, je descends par l'escalier de service ; je trouve la clé toujours à sa place dans le porte-parapluies bleu. Je suis déterminé à mener une exploration méthodique. J'allume bravement chaque lumière sur mon passage. La configuration m'est familière : après le salon, un couloir qui dessert trois chambres et une salle de bain. La pièce du fond est une chambre d'enfant, celle de droite, un bureau. Dans la troisième, qui a sa propre salle de bain, j'ouvre un placard où sont rangés des vêtements d'homme. Cette partie de la maison est inhabitée. L'occupation régulière d'un lieu laisse une trace que je ne sens pas ici.

Je reviens dans le salon meublé d'antiquités chinoises et de design orientalisant tel qu'on en trouve sur Hollywood Road. L'arrangement me semble une abstraction, avec la photographie en point d'orgue et d'interrogation. J'entre dans l'autre espace à travers la cloison manquante. Mes propres bruits, mes pas, ma respiration, le froissement de mes vêtements me semblent amplifiés. Le deuxième salon est un lieu de vie confortable. Des canapés se font face et ordonnent les échanges. Un grand miroir sur pied occupe un angle de la pièce. Je m'efforce d'éviter mon reflet, qui risquerait de se dresser contre ma résolution.

Après le corridor, je pénètre dans une deuxième chambre d'enfant assez semblable à la première. Le petit avait-il deux chambres dans cet appartement ? L'autre jour, j'ai dit méchamment : « On dirait parfois que tu n'as pas d'enfant. » Le visage de Beverly est devenu terne, sans expression.

Je suis dans sa chambre. Le ciel de lit est une imposante structure de bois supportée par quatre piliers, un lit de princesse de Chine. Elle ne m'a jamais emmené ici. J'observe les objets de sa vie et à chaque pas je me répète : elle ne m'a jamais emmené ici. Une porte sur le côté droit ouvre sur une grande salle de bains par laquelle on accède à une autre pièce devenue un dressing. Je reconnais des vêtements, des chaussures. Je reviens dans la chambre et m'assois sur la bordure de bois qui entoure le lit. Je tourne la tête vers la table de nuit et, sous la lumière de la lampe, je trouve un livre. De ce livre dépasse un morceau de papier. C'est un coupon d'embarquement d'une compagnie aérienne pour un vol Hong Kong – Taipei. Il date de la semaine dernière. Il est au nom de Carter. Carter, Karl.

*

Je suis plus calme aujourd'hui. Je ne ressens plus l'angoisse diffuse des semaines précédentes.

Je me mets au travail. J'ai du retard à rattraper. Lire, écrire, se concentrer à nouveau. J'établis une liste de tâches à accomplir. Je commence par répondre à la WRMA, l'association des assureurs spécialisés dans le risque climatique. Elle me sollicite pour une intervention à leur conférence annuelle qui se tiendra prochainement à Hong Kong.

Une conférence, cela sert à acclimater une idée, à aider au consensus qui soutient en l'occurrence un marché de 45 milliards de dollars en plein développement. C'est donc bien payé. J'envoie un mail à la directrice de l'association. Quatre minutes plus tard, mon téléphone vibre.

– Je suis très heureuse de vous parler enfin.

– J'ai été très occupé.

– Vous devez vous demander pourquoi nous vous contactons ?

– Vous avez besoin d'une histoire.

– Je suppose qu'on peut le dire de cette façon.

Ils ont même besoin d'une histoire qui fasse peur. Comme le disent les brochures : les risques sont partout. Une grande partie de l'activité mondiale est directement dépendante des variations du climat. Or le climat change, se dérègle. Il devient la métaphore de l'économie, et inversement. Tempête sur les marchés, secousses telluriques, effondrement des cours, hausse du niveau des mers, inondations et change flottant. Les catastrophes sont en marche. Les membres de l'association proposent études, couvertures, protections : « Transférez votre risque. »

Mimie Doherty souhaite me confier une mission récréative dans cette rencontre où scientifiques et financiers échangeront leurs données. Je pourrais ainsi évoquer l'émergence du dérèglement climatique dans les fictions contemporaines. Je suis d'accord. Elle invite également des producteurs, des éditeurs, sachant bien que la réalité et la fiction travaillent en miroir. Il faut sensibiliser les actionnaires et le public aux dépenses nécessaires.

– Notre rôle est de faciliter la prise de décision.

Et l'*entertainment* sait travailler les consciences. « Dans un instant votre vie va basculer, votre mari va vous tuer, votre femme vous empoisonner, vous perdrez votre travail, vous deviendrez un clochard, vous crèverez dans la rue, vous découvrirez que vous avez un cancer, vous gagnerez à la loterie, le tremblement de terre ne laissera rien debout, l'ouragan détruira tout sur son passage. » Ou peut-être pas. Il y a de l'incertitude dans le confort des grandes villes modernes.

Pour préparer l'événement, madame Doherty va bientôt venir à Hong Kong et nous réglerons les détails.

– Je vous envoie mon relevé d'identité bancaire.

C'est toujours une bonne façon de conclure.

*

J'avance dans l'obscurité, l'obscurité des couples. Une partie du récit m'est inconnue. Quel rôle m'ont-ils donné dans leur histoire ?

Quand nous nous sommes rencontrés, Beverly m'a demandé avec son sourire le plus doux : « Vous êtes-vous déjà senti sous le coup d'une malédiction ? » Elle ne pouvait être plus honnête, m'annonçant d'emblée son signe noir et ce qui risquait de m'arriver si je voulais la connaître. Elle me donnait aussi une piste à suivre pour m'en sortir. À présent, ces prémisses dont je ne voulais rien déduire ont l'évidence d'un rêve longtemps refoulé.

Des images se précipitent en flots continus : l'iris bleu-vert de Carter, sa solide charpente, son air de propriétaire, la morgue aux coins des lèvres, la folie coloniale dans le regard. Les yeux de Beverly qui battent plus vite quand il s'approche. Le dégoût et l'humiliation qui viennent avec l'amour. Je remonte un torrent bourbeux. Je sens comme elle vibre, comme l'odeur de la force comble ses besoins. Je vois un animal sans pitié, sans honte. Je ne me sens même pas trahi.

Nous voilà, Carter et moi, adversaires joutant à distance, fendant l'air de nos attaques, inscrivant nos silhouettes sur l'écran où Beverly attend pour paraître. La rivalité des mâles, cette vieille histoire… Un souvenir remonte à la surface, comme une bulle d'air avec un « pop » sonore.

J'ai douze ans. Dans ma classe, il y a Marie. La maturité physique de Marie la distingue des autres filles. Son corps envoie à tous des signaux impatients. Elle a des yeux de chat, d'un bleu très clair. Elle rit souvent et semble parfois emportée par une folle allégresse. Elle est toute en rondeur, comme un nid. Elle porte des pantalons légers qui laissent transparaître ses culottes. Ses fesses rebondies s'agitent sous le tissu. Elle avance les yeux baissés, sa jeune poitrine en avant et, quand elle s'est suffisamment approchée, elle relève les paupières et plante ses yeux dans les vôtres. Pour les garçons, Marie est une cible. Pour moi qui ai encore un pied dans l'enfance, son corps évoque quelque chose de bon, un pain au chocolat peut-être.

Nous sommes dans le train qui nous ramène d'un voyage scolaire à Rome. Je suis avec elle sur une des couchettes du compartiment. Je suis déconcerté qu'elle m'ait choisi pour tenir le rôle. Je m'y glisse peu à peu. Je l'embrasse, la caresse, surpris à chacune de ses réactions. Je ne la déshabille pas, je ne crois pas avoir pensé que ce fût possible. Je sors seulement le chemisier de son pantalon, pour glisser ma main et caresser ses seins. Elle frotte avec frénésie son entrejambe sur l'une de mes cuisses. Je comprends que ma main pourrait être utile à cet endroit. Je cherche le bon rythme, la bonne pression sur son sexe dont l'humidité imbibe le tissu. Brusquement, sans que je comprenne pourquoi, elle s'écarte de moi en riant nerveusement, essoufflée. L'épisode n'a pas de suite. De retour à l'école, Marie reprend ses activités comme si de rien n'était.

Quelques jours plus tard, je suis en cours de sport. Tous les professeurs d'éducation physique et sportive de ma carrière scolaire m'ont laissé le souvenir de fiers-à-bras contents d'eux-mêmes, cultivant la mâle crétinerie dans l'esprit de leurs élèves. Dans les vestiaires, un garçon vient se planter devant moi ; il est torse nu, seulement vêtu d'un short. Je le connais sans lui avoir jamais parlé. Lui et sa bande sont dans une classe différente, une section pour élèves en difficulté. Dans la cour de récréation, près du garage à vélo, ils passent leur temps à fumer et chahuter avec Marie. Le garçon se comporte comme s'il avait des droits sur Marie, ce qu'elle ne dément pas.

Il m'interroge :

– Tu es sorti avec Marie ?

– Oui.

Il me considère et, n'arrivant probablement pas à voir en moi un rival, il sourit.

Il repart vers ses copains et, ensemble, ils s'esclaffent.

De ce jour, j'étais informé des règles de la compétition pour les femelles et de toutes les compétitions qui en procèdent. Je découvrais que Marie était un trophée, qu'il fallait la gagner, la prendre. Sois un homme, petite tapette. Si tu veux de la fesse, c'est par là. Mets-toi sur la ligne de départ. C'est la tribu qui décide. Tes couilles sont à nous, et l'imaginaire collectif aux reptiles antédiluviens.

N'arrivant pas à m'y résoudre, je commençais alors une valse-hésitation que je danse encore, avec dans la bouche, un goût amer : de l'excitation mêlée de dégoût. Conflit psychique pour abrégé de psychanalyse.

*

– C'est une nouvelle bague ?

– Ma mère me l'a donnée, il y a longtemps. Je ne la portais pas parce que j'avais peur de la perdre. Mais finalement, je trouve ça dommage. Qu'as-tu fait ?

– Je me suis remis au travail. J'ai aussi pensé à écrire quelque chose pour toi.

– Tu m'écris un rôle ?

– J'essaie de me rendre utile.

– Pourquoi ?

Sa voix trahit l'inquiétude.
– Parce que je t'aime.
Elle n'a pas même cillé.
– Alors ?
– C'est une femme qui a un talent extraordinaire pour s'attirer la sympathie de tous. Elle est charmante, désarmante. Elle a un pouvoir qui ne se résume pas à sa beauté. Elle sait s'attacher durablement l'affection des hommes comme celle des femmes, et les mettre à son service.
– C'est mon portrait. Tu n'as aucune imagination.
Elle plaisante sans conviction, pour la forme. Elle attend la suite.
– Ce pouvoir extraordinaire, elle le met au service d'un idéal. Elle est météorologue, elle veut convaincre de l'urgence de la situation climatique. C'est une militante qui s'engage pour ce qu'elle croit juste. Un personnage positif. Elle rencontre un homme qui voit en elle l'instrument idéal de ses desseins. À travers des réseaux d'influence, il va l'aider à porter la bonne parole auprès des puissants, à donner le maximum de retentissement à ses thèses. Elle se voit propulsée sur le devant de la scène, mais se rend compte peu à peu que sa parole est utilisée à d'autres fins. Ce qu'elle dit s'est transformé en une fiction sur laquelle elle n'a plus de contrôle. C'est un thriller, et je crois savoir qui pourrait contribuer à son financement. Je voudrais que tu fasses une apparition lors d'une de mes conférences.
– Pourquoi ?

– Quand une panthère entre dans une pièce, les poils se dressent sur la peau, les bouches s'assèchent, les cœurs battent plus vite. Tu viendras à bout de toutes les réticences.

Beverly me fixe sans rien dire. Elle a légèrement pâli. Derrière elle, je vois la ville et ses néons claudicants, Beverly C. et Hong Kong City sur la rivière des Perles : la belle image, le contour que l'on suit avec le doigt, les couleurs éclatantes du chromo pour les petits enfants.

J'ai franchi une ligne invisible ; j'ai perdu la superbe qui me gardait des offenses. Je suis entré dans la zone dangereuse, celle où l'on cherche à ses propres risques à comprendre l'histoire, à vouloir l'infléchir ; celle où, comme dans les films de gangster, la ville et la fille veulent la peau du héros.

*

Philippe m'entraîne à Mongkok. Mes réticences à sortir de Hong Kong Island l'ont amené à me surnommer « le prisonnier », en référence à la série télévisée britannique où le personnage principal est retenu dans un mystérieux village balnéaire.

– Viens, ils n'ont pas souvent l'occasion de voir du gibier de presse *people* là-bas, ô toi le héros des nuits hongkongaises.

Ici, la ville s'entasse, s'empile. On lève les yeux pour vérifier que tout ne va pas dégringoler brusquement comme dans un jeu d'adresse géant où l'on ajoute en équilibre précaire les objets les uns sur les autres. Un chaos d'enseignes lumineuses, de linge aux fenêtres, de climatiseurs, de banderoles électriques, d'échafaudages en bambou, de kakemonos, d'antennes paraboliques, s'accroche aux façades des immeubles vétustes. Des enfilades d'étals ou de stands couverts envahissent les chaussées. L'air est imprégné d'un mélange d'essence et de glutamate. Sur Nelson Street, de grandes bâches publicitaires enveloppent les immeubles. Partout des numéros de téléphone inscrits en gros chiffres de couleurs vives, des vendeurs assis sur des chaises pliantes à côté de chevalets publicitaires installés sur le trottoir, et, aux entrées d'immeuble, des réclames pour les salons de massage en étage. Tout le monde fabrique, contrefait, combine. Tout le monde a quelque chose à vendre à quelqu'un. Tout le monde attrape ce qu'il peut au passage. Ça gronde, ça vibre, ça sent. De la haute voltige.

Philippe se débrouille en cantonais, mais ce sont surtout ses gestes et une attitude instinctive qui l'intègrent dans cet environnement. Je reste un corps étranger dans cette partie de la ville. À sa suite, j'entre dans une pharmacie où il a l'habitude de se fournir en antidouleurs, le genre de pharmacie qui ne demande pas d'ordonnance. Il tombe nez à nez avec un jeune Chinois de sa connaissance. Le jeune homme est vêtu d'un costume voyant, porte une paire de lunettes de soleil et joue l'important. Après son départ, Philippe me dit :

– 14K.

– Lui, là, le comique ?

– Oui. Il ne survivrait pas longtemps dans une guerre de gangs.

La 14K est une des triades les plus importantes établies à Hong Kong.

– Tu fricotes avec la mafia ?

– Comme tout le monde. Par qui crois-tu que sont financés les films de ta petite copine ?

La joyeuse survie de Philippe passe par des chemins divers. Il exerce le métier, improbable pour un Français à Hong Kong, de dessinateur de presse politique. Il se livre à une satire débridée de la « Chine éternelle et raffinée » et du gouvernement chinois. Le plus étonnant est qu'il trouve des journaux pour publier ses dessins. Ils ont attiré l'attention d'un petit parrain qui, pour célébrer de bonnes affaires, a décidé d'offrir à chacun de ses « collaborateurs » une caricature humoristique. Lors d'une soirée de fête, Philippe a laissé de bons souvenirs et s'est fait des amis qu'il ne tient pas à voir trop souvent.

– En tout cas, monsieur Carter connaît certainement la 14K.

– Comment ça ?

Il cherche un instant ses mots et reprend :

– Tu es un général de l'armée populaire de libération.

– …

– Imagine ! Tu n'es ni pire ni meilleur que les autres. Rien de grave ! Pour arriver et rester là où tu es, tu as organisé des activités de toutes sortes, géré les actifs publics de façon à en faire bénéficier un ensemble de gens qui te sont redevables. Cela te permet d'accéder à des participations dans différentes transactions commerciales. Tu es un businessman déguisé en général. Tu exportes avec des droits de douane réduits, importes discrètement des voitures, des motos. Tu sais faire plaisir mais tu sais aussi éliminer la concurrence. Pour mettre à l'abri ton trésor de guerre, les triades sont tes partenaires ; à Hong Kong, elles se sont dotées depuis longtemps de l'infrastructure légale du business : cabinets d'avocats, experts, sociétés de transport, d'import-export. Avec d'autres « huiles », tu investis dans des fonds de placement à l'étranger, en Europe, aux États-Unis. Et voilà que tu te retrouves, toi, le général de l'armée populaire de libération, à surveiller les résultats d'une superproduction américaine au box-office. La globalisation, c'est vertigineux !

– Et Carter, là-dedans ?

– Il aide à la fluidité du dialogue avec la Chine éternelle. En fait, on dit depuis quelque temps que distribuer un rôle à Beverly C., c'est trouver à coup sûr une solution de financement. Ton Carter a dû mettre la main sur un filon.

*

Je suis debout derrière elle. Elle a attaché ses cheveux en chignon. Je surplombe sa poitrine en plongée profonde. Je tiens ses mamelons entre mes doigts. Elle se cambre, je perds ses seins mais la rattrape par les poignets. L'arc de son dos se déploie et c'est comme si j'avais sous les yeux la tension qui me tient en vie, l'extension de mon corps et la mesure d'une distance infranchissable.

À quelle solitude glacée reviendrai-je après toi ? Qui d'autre que toi ? Encore en elle, je murmure :

– Je ne sais pas où tu es, mais parfois je te trouve.

– Oui, parfois, tu me trouves.

Repliant ses jambes nues sous elle, Beverly s'assoit sur le Chesterfield et me sourit.

– J'ai une très bonne nouvelle : j'ai le premier rôle dans une production américaine. Le film se déroule en partie en Asie. J'ai rencontré le réalisateur et les producteurs à Taïwan et c'est moi qu'ils veulent. C'est une chance extraordinaire.

– C'est fabuleux. Oui, quelle chance.

– Mais ça ne change rien, je veux que tu écrives ce que tu as en tête. J'ai réfléchi, c'est bien qu'on travaille ensemble.

– Oui.

– Et j'ai eu une idée : pour fêter ça, je voudrais organiser une soirée ici, chez toi, avec quelques amis du métier. Il y a des gens que je voudrais te présenter. C'est important pour la suite. Il faut te montrer. Tu vas voir, je vais devenir ton agent, me dit-elle en souriant. Tu ne sais pas te mettre en valeur. Je vais t'aider à te faire une place ici. Tu veux bien, pour la soirée ? Je m'occupe de tout.

Oui, Beverly s'occupe de tout. Je suis littéralement porté par ses événements. Mon quotidien s'organise, comme un jeu de piste dont elle est le trésor. Il faut trouver les portes de derrière, échapper aux photographes, fraterniser avec des célébrités, leur entourage. Je me laisse entraîner par le courant des relations publiques, libéré des petits choix de la vie, ivre de cette excitation, de cette accoutumance électrique que procure le sentiment d'être toujours en mouvement. Les coups d'œil furtifs ravivent mon désir, me disent ma chance, flattent mon orgueil de la posséder.

Puis, arrive le moment où la répétition des situations ennuie et, pour finir, insupporte. La vie à ses côtés est devenue un travail comme un autre.

*

Le point de rosée était ce matin à 14 °C. La température de l'air atteindra 25 °C et celle de l'eau 20,5 °C.

Je retourne à la plage, et c'est comme si c'était le premier matin. J'avance sur le sable fraîchement ratissé. J'ai tellement vu de films que j'ai souvent l'impression d'être moi-même une caméra. Je cherche l'angle juste, la bonne vitesse du travelling. Je me suis placé entre deux rangées d'arbres, dans l'alignement d'une des tourelles de guet avec son escalier hélicoïdal. J'avance dans son ombre portée sur le sable vers la mer étale. Le relief des îles est une caresse que le ciel et l'eau se partagent. Je jette mes affaires sur le rivage et mon corps dans la mer. La petite commotion me débarrasse de tout. Je nage lentement jusqu'au ponton. Je me hisse sur son plateau flottant pour m'allonger, le ciel dans les yeux, le soleil sur la peau. Je pourrais être heureux.

En milieu d'après-midi, les différents fournisseurs auxquels Beverly s'est adressée arrivent à l'appartement. J'assiste avec impuissance à l'envahissement de mon espace. Beverly a donné des instructions précises. La dizaine de personnes qui s'activent ne m'accordent pas la moindre attention. On déplace ma table et mon canapé. Je comprends que Beverly a prévu un dîner assis. Une femme pas commode dirige des hommes qui filent doux. Plantes, fleurs, paravent, sièges de toile pour la terrasse, vaisselle, victuailles, bouteilles. Comme un chat chassé de son territoire, je m'enfuis en pestant. Je prends mon ordinateur et je me réfugie au Starbucks. Quand je reviens, les invités sont arrivés. Tout commence beaucoup trop tôt ici.

– Où étais-tu passé ?

Beverly procède aux présentations. Elle est très belle et très enjouée, une vraie châtelaine. Elle m'agace d'entrée, mais je fais bonne figure. Beverly sera naturelle quand elle sera morte.

Je salue Terry Wang, un producteur hongkongais, et son associé Daniel Ye, l'acteur, chanteur, producteur, à la carrière prolifique et à l'éternelle jeunesse, qui chante en duo avec Beverly. Terry est l'ami d'enfance de Daniel.

Son pote est devenu une star et il le couve comme un talisman. Il semble s'efforcer de compenser le glamour de Daniel en affichant une attitude triviale. Daniel gère l'effet que son charisme et sa notoriété produisent sur les autres en dispensant sourires et paroles affables, comme un médecin essaie de détendre ses patients avant de leur révéler la vérité. On colporte le bruit qu'il doit sa carrière à ses liens avec la mafia.

Trevor Nichole, également producteur, et sa sœur Janet, actrice et chanteuse, pétillante et polyglotte, sont des amis proches de Beverly. Tous deux sont eurasiens. Trevor est l'antithèse de Terry : timide, fluet, une parfaite éducation, une gentillesse désarmante. Janet semble avoir les mêmes qualités que son frère mais elle sait s'en servir. Il paraît que toutes les femmes sont jalouses des jambes de Janet, même Beverly. Janet porte un short en satin et des mules roses. Dans cette tenue qui la qualifierait a priori pour n'importe quel trottoir, elle réussit, grâce à beaucoup d'humour et une classe naturelle, à ne pas paraître vulgaire. J'admire autant ses jambes que cet exploit.

Avec son prénom qui sonne comme une réconciliation, Kim-Louis Sun est un homme d'affaires aux origines si multiples que son visage est une énigme génétique. Il appartient à la petite bande de Beverly où il se plaît à jouer au protecteur, en payant les additions par exemple.

Enfin Jude, un jeune homme de 20 ans à peine, déjà une star de la télévision, un visage de manga et un handicap aux jambes qui le fait boiter. Il a récemment reçu Beverly dans son show ; depuis, quand l'occasion se présente, ils s'accordent à jouer aux ados hystériques.

J'ai invité Philippe. Il connaît Trevor car il a travaillé pour lui sur un film d'animation. Un allié dans le jury.

Daniel et moi sommes sur la terrasse ; il entame la conversation avec chaleur. La séduction est son métier. Il me parle comme s'il faisait un essai de voix pour un prochain film. Je donne la réplique.

– Depuis quand êtes-vous à Hong Kong ?

– Moins d'un an.

– L'Europe ne vous manque pas ?

– Je me sens libre ici, comme si je pouvais bouger à nouveau sans risquer de briser un chef-d'œuvre. En Europe, on joue à un jeu funèbre qui consiste à accrocher des couronnes à des corbillards qui s'éloignent. Non, l'Europe ne me manque pas.

– Vous connaissez le film de François Truffaut où le personnage s'ennuie dans sa vie conjugale et rencontre une femme asiatique mystérieuse et sexy ? Ensemble, ils ont du bon temps, mais à la fin, il retourne à la maison. Vous aussi, vous finirez peut-être par nous haïr, nous les Asiatiques sans morale.

– Vous, nous… Ici, les différences n'ont plus cours.

– S'il n'y en a pas, pourquoi être venu ?

– Parce que les conditions sont plus favorables.

– En quoi ?

– Chez les êtres vivants, le taux de mutation est plus grand quand un organisme est stressé.

– Si c'est ce que vous cherchez, vous avez raison, c'est plein de mutants ici. Moi non plus, je n'ai pas le choix, je mute.

Beverly nous a rejoints et commente :

– Il mue ! Il laisse derrière lui des morceaux de vieille peau comme un serpent et paraît chaque année plus jeune. En vérité, il a 102 ans.

– Je suis un professionnel.

*

La nuit est tombée à Repulse Bay, une belle soirée très douce, avant les nuits brûlantes. Je vide mon verre avec une fréquence soutenue, m'efforçant d'être affable. Nous sommes une tablée glorieuse, objet de tous les soins du personnel dont Beverly a loué les services. La présence des trois acteurs électrise serveurs et serveuses, qui semblent chercher des prétextes pour s'attarder autour de la table. Nous portons un toast au succès de Beverly. Janet, loin de la rivalité supposée entre actrices, paraît sincèrement heureuse pour elle. Beverly remercie, enchaîne en annonçant que j'entends désormais écrire pour le cinéma, avec une solennité théâtrale qui suscite en moi une envie de rentrer sous terre.

Terry s'adresse plus particulièrement à moi :

– Tout le monde dit que ce qu'il faut c'est une bonne histoire, une bonne histoire qui parle à tout le monde. Ce qu'il faut surtout, c'est conduire le camion, tenir le réflecteur, acheter les sandwichs, engueuler les flics, se faire embarquer…

– J'ai déjà travaillé avec deux scénaristes français, sur un film d'action, dit Daniel. C'est un genre de film qui vous tente ?

– Je préfère les histoires d'amour.

– C'est la même chose. Nos tueurs sont toujours des grands sentimentaux.

Jude :

– Un Français qui écrit une histoire romantique à Hong Kong, très bon axe marketing, beaucoup de crédibilité.

– Le *french lover* amoureux de l'actrice chinoise, qui lui écrit des rôles sur mesure : les médias vont adorer ! On commence quand ? s'excite Terry en haussant le ton.

Beverly feint de s'offusquer.

Les plats que nous allons partager arrivent sur la table. La conversation se résume alors à commenter la nourriture ou à évoquer un autre repas. Et puis on se tait et on mange ensemble, avec sérieux, concentration, chacun se servant dans les plats posés au centre de la table. Le repas chinois, son rite et ses saveurs transforment la pensée d'un Occidental plus que la lecture de toute une bibliothèque. Beverly a commandé à plusieurs restaurants fameux de la ville des spécialités qu'elle nous commente avec fierté : choy sum aux foies d'oie conservés, ailes de poulets désossées et fourrées d'une farce aux châtaignes et aux crevettes, peau de canard laqué au miel, ventre de perche à la vapeur, choux chinois acidulés… Connaissant les goûts de ses invités, elle a également commandé du tofu à la vapeur pour Janet, des beignets de crevettes pour Terry et Daniel, de la soupe de nouilles taïwanaise au bœuf mariné pour moi. Puis on nous sert la très riche *double boiled soup*, un bouillon à base de travers de porc, tripes, coquillages, pattes de poulet et légumes préservés, cuits ensemble pendant six heures. Il y a aussi un thé Oolong de Fujian très rare.

Nous échangeons des marques d'approbation ; les baguettes volent de plat en plat ; nous sommes une petite usine qui tourne à plein régime, occupée à fabriquer du plaisir et de l'intimité humaine. Le contrôle que chacun exerce sur lui-même se relâche. Même Daniel semble moins figé.

Les plats repartent à moitié pleins comme il se doit, tandis qu'on apporte des mini-tartes aux œufs, du gâteau au sucre brun cuit à la vapeur et des « oreilles de vaches », qui viennent d'une pâtisserie de Mongkok. Quand je partage un repas avec Beverly, je sais pourquoi elle me plaît autant : sa vitalité débordante, son plaisir sans fard, ses jolies dents. Cette fille est merveilleuse, un antidote aux poisons de la vie. Ou alors le poison ultime. Tant pis.

Le personnel replie le paravent qui masquait un écran et du matériel de karaoké. Janet empoigne le micro, passant en revue le catalogue des poses de la chanteuse professionnelle. Applaudissement, cris, sifflements. Beverly et Jude simulent la pâmoison. Kim-Louis éructe qu'il veut produire. Trevor regarde sa sœur comme s'il voyait la Vierge Marie. À tous, la performance de Janet a donné soif. Nous remplissons nos verres, portons toast sur toast. Beverly et Jude massacrent ensemble une chanson de Daniel, en singeant les attitudes de crooner dont il abuse. Il finit par se joindre à eux et s'imiter lui-même en collant aux images du clip vidéo.

Titubant, je sors avec Philippe sur la terrasse.

– Pourquoi rigoles-tu comme un benêt ?

– Le chanteur qui fait semblant d'être le chanteur qui fait semblant d'être le chanteur… Parfaite mise en abyme ! C'est dingue tout de même, ce sont des professionnels. Des professionnels du karaoké, dit-il comme s'il avait trouvé l'explication de l'univers. Le karaoké, c'est la nouvelle condition, la philosophie orientale définitive. Le monde est un karaoké ! À quoi bon s'embarrasser d'une identité de toute façon illusoire ? Ici au moins, ils savent. Avant, un chanteur, c'était un messager, maintenant c'est un avatar. Tu te sens mal ?

– Oui.

– Tiens, écoute, ça va te nettoyer de toute cette soupe.

Il pose sur mes oreilles un casque audio relié à son iPod réglé à plein volume. Je reconnais instantanément la voix de PJ Harvey : « *Lick my legs, I'm on fire…* »

J'entre sur le circuit rapide de l'adrénaline, ma circulation sanguine s'accélère, mes fluides s'échauffent. Je me figure Janet en train d'implorer qu'on lui lèche les jambes.

*

Je suis au premier rang d'une assemblée alignée en ordre régulier dans la nef sombre d'une église. Nous échangeons entre nous des sortes de jetons noirs. Progressivement, je me retrouve avec trop de jetons entre les mains. L'officiant me dit d'aller m'agenouiller derrière tout le monde, me donnant un cierge différent de ceux que tiennent les autres. Soudain, surgissent des hommes en noir cagoulés de cuir qui commencent à frapper au hasard. Je fuis par une porte dérobée, suivi par une meute de chiens. Une fois à l'extérieur, pris de remords, je décide d'entrer à nouveau en me frayant un chemin parmi les chiens. À l'intérieur, tout est fini. J'ai honte d'avoir fui. L'officiant me renverse de la bougie fondue sur la tête en me disant qu'ils vont revenir et cette fois, nous infliger des blessures plus profondes. J'ai peur. On entend des aboiements et des bruits de pas.

À mon réveil, j'ai mal à la tête, mal au cœur. En me levant du lit où dort Beverly, je suis proche du malaise. Misérable comme un vautour malade, je traverse le salon encore encombré par le matériel du traiteur pour me poser sur le balcon. Le poids de ma tête est une souffrance.

J'appuie mes coudes sur la rambarde et je masse l'arrière de mon crâne avec mes pouces. J'ai l'impression d'être une canalisation engorgée. Me reviennent par bribes des phrases, des attitudes, l'expression des visages qui accentuent ma nausée. Mon regard glisse avec douleur sur la piscine miroitante de l'immeuble voisin, déserte comme toujours. Je sais par expérience que cette journée est foutue : tout mon système est à l'arrêt, saturé. Pourquoi donc ai-je accepté que cette soirée se déroule ici, comme si rien ne pouvait me perturber ?

Je fuis l'appartement que je ne reconnais plus et m'en vais cacher mes humeurs mauvaises à la plage. Je m'assois sous un arbre, mes lunettes de soleil sur le nez. Je me mets au ralenti. Ne pas bouger. Rester dans le vague. Attendre demain. Creuser encore un trou dans la continuité de ma vie. Un jour, raconter l'histoire de ce temps en creux qui me gagne par petits morceaux.

La responsabilité naît dans les rêves. J'ai lu cela quelque part. Le monde est constitué de phrases que j'ai lues et d'autres qu'il me reste à lire.

Beverly est déjà en route vers un destin qu'on lui fabrique inéluctablement. Il semble que tout le monde se soit mis d'accord : ce sera elle. Carter est à la manœuvre. La délibération a eu lieu, derrière la scène. Elle est investie, marquée par un signe invisible : elle est l'élue ; sur elle se fonde un projet industriel et financier. Voluptueusement portée par son ambition, elle ne s'appartient plus. C'était au fond une sorte de dîner d'adieu qu'elle a organisé, une façon de me souhaiter bonne chance. C'est une chic fille. La plage publique de Repulse Bay n'est plus pour elle.

La loi résonne entre les collines : on ne vit pas que pour soi. La position n'est plus tenable. Je dois me mettre en mouvement, je dois inventer cette femme, inventer cette ville avant qu'elles ne disparaissent entièrement. J'ai peut-être encore une chance.

Ce matin, des nuages de brume bataillent avec les hauteurs ; des langues vaporeuses tentent de descendre les pentes mais sont bientôt dissipées. La baie repousse les assaillants. Les empilements colorés des porte-conteneurs s'éloignent lentement vers le large. La mer a la couleur du fer quand il rouille et vaut pour moi toutes les mers turquoise.

*

Le Hong Kong Convention and Exhibition Centre est posé sur la baie comme un navire à quai. Deux ponts le relient à ce qu'il est convenu d'appeler la terre ferme. La WRMA tient sa convention à l'écart des grands halls d'exposition, dans une salle de réunion de taille modeste. Une soixantaine de personnes de différentes nationalités ont fait le déplacement. Chaque participant est installé dans un large fauteuil, derrière un pupitre muni d'un dispositif de traduction simultanée. Le bois des cloisons, les tentures, la moquette fabriquent une atmosphère sourde, confinée, un piège feutré. J'attends mon tour au premier rang.

Debout sur la petite scène, l'orateur termine une introduction euphorisante : les membres de l'association ont connu une très bonne année sur les produits dérivés classiques. Les obligations sur les catastrophes naturelles ont également bien marché. Les fondamentaux du climat restent « porteurs », ce qui veut dire que le nombre d'événements climatiques majeurs augmente chaque année. La peur qu'ils inspirent soutient la croissance du marché et de plus en plus d'entreprises à travers le monde veulent se garantir.

Comme les autres, j'ai vingt minutes. Mimie Doherty a organisé cette journée comme un show où les numéros se succèdent à un rythme soutenu. Mon intervention est censée occuper la même fonction qu'une scène de bivouac dans un western : elle prépare à l'action, un temps récréatif avant les Indiens et la cavalerie, en l'occurrence les exposés des météorologues, analystes financiers et spécialistes des marchés.

Je monte sur scène, un micro-cravate accroché à ma veste. Je devine des corps, des visages dans une douce pénombre, où quelques touches colorées signalent des présences que je suppose féminines. Je me tiens debout sur un tapis, à côté de l'inévitable réédition d'une chaise Mies van der Rohe, d'un écran de contrôle posé sur le sol et, sur ma droite, d'une mappemonde géante, en réalité un ballon gonflable en plastique à l'odeur entêtante. En fond de scène, les illustrations qui accompagnent les discours sont projetées sur un écran. On entend le bruit de la climatisation ; j'ai légèrement froid.

Je ne ressens pas d'appréhension. Je suis même étrangement détaché. C'est comme si j'étais sous mes propres yeux : un homme debout sur une estrade, immobile et silencieux dans la lumière diffuse. Je réalise qu'il a du mal à tenir dans le décor. Il y a en lui une hésitation ; il est là pour convaincre, mais ne semble pas lui-même tout à fait convaincu. Il devrait changer de coupe de cheveux et sourire un peu. Il songe aux raisons qui l'ont conduit ici ; peut-être regrette-t-il d'avoir lui-même créé cette situation, peut-être s'est-il trompé de rôle, mais il sait qu'il est trop tard pour en changer. À présent, il se concentre et rassemble sa volonté.

Sur l'écran est projetée la carte des requêtes Internet concernant les événements climatiques en cours. J'explique à mon auditoire que mon métier consiste à lire, à proposer des lectures, que j'ai vu une histoire au cœur de leurs affaires qui rencontre l'imaginaire contemporain ; il semble que les catastrophes doivent désormais concerner tout le monde, que chacun est affecté ou le sera. Je leur dis qu'ils construisent un lien fort, celui du risque commun, et que c'est peut-être le dérèglement climatique qui nous épargnera une guerre supplémentaire, la guerre de trop ; c'est ce qui confère à leurs activités plus d'importance que les profits qu'elles dégagent. Je dépeins l'humanité dans sa sainte unité, en lutte pour sa survie, un front commun contre les éléments déréglés. Chacun a besoin de se reconnaître dans un ensemble plus vaste, de viser plus grand que soi. C'est un besoin spirituel. Le monde attend un tel récit.

Dans une certaine mesure, je crois à ce que je dis.

*

On a tiré les rideaux épais qui masquaient les baies vitrées donnant sur la mer. J'aperçois sur l'autre rive, Kowloon Side, l'hôtel où Nicholas est descendu il y a quelques semaines. Je repère la chambre qu'il occupait. Je pense à sa tête de pirate et cela me fait du bien.

La salle a été reconfigurée pour la réception finale. Les participants, le badge mentionnant leur identité accroché autour du cou, conversent le verre à la main. Je me hâte vers l'entrée du centre pour accueillir Beverly qui s'est annoncée par sms. J'ouvre la portière de la limousine que l'association a dépêchée. Aux perles de sueur sous son nez et à l'agitation désordonnée de ses boucles d'oreilles, je devine qu'elle est tendue. Ses talons claquent sur les dalles de marbre du hall démesuré. Je marche à sa suite, et nous parcourons les couloirs déserts qui se déploient sur le front de mer.

– Je ne comprends pas ce que je fais là.

– Ça va bien se passer. Ils vont t'adorer.

Quand nous entrons dans la salle, son trac s'est mué en une sorte de vibration lumineuse qui polarise immédiatement l'attention. Je la regarde comme un enfant regarde encore et encore, sans se lasser, le même tour de magie. Elle a cette façon unique d'accueillir le monde, de lui tendre le miroir pour qu'il se découvre aimable en sa personne.

Le président de l'association se précipite sur nous :

– Je suis très heureux.

La midinette qui est en lui sautille de joie. Mimie Doherty se présente à Beverly, puis introduit l'un de ses invités.

– Nous nous connaissons, dit-il. Je vous avais rencontré avec Karl.

Un flottement d'une fraction de seconde chez Beverly me fait supposer qu'elle ne s'en souvient pas ou que la mention de son mari la trouble.

– Mais oui, bien sûr, comment allez-vous ?

– J'ai entendu des choses très inspirantes aujourd'hui. Votre ami, dit-il en me désignant d'un geste de la main, nous a raconté une histoire dont on pourrait tirer un film.

– J'y travaille, dis-je. Et Beverly tient le premier rôle.

– J'aimerais bien lire ça.

Mimie Doherty, qui est ici le vrai patron, ajoute immédiatement :

– Je suis sûre que nos adhérents sont prêts à contribuer à tout ce qui favorisera une prise de conscience globale et positive du risque climatique.

Le président se tourne vers moi et me souffle en jouant la confidence :

– C'est donc comme si j'avais déjà lu et beaucoup aimé.

Éclat de rire général. Le trait d'humour allège ce que la rencontre a de prémédité.

Rendez-vous est pris, sous les auspices de WRMA, avec l'homme qui veut lire. Mission accomplie. Je m'éloigne de l'attroupement où trône Beverly pour m'offrir le plaisir de l'observer à distance. Quand je suis près d'elle, lorsqu'elle est dans mes bras, j'ai l'impression de rater quelque chose.

Un gai luron, persuadé que sa bonne humeur lui confère un droit sur les autres, approche sa coupe de champagne pour m'inviter à trinquer.

– D'où venez-vous ? France ?

– Oui.

– Où ça en France ?

– Haute-Savoie à l'origine.

– Mon entreprise assure plusieurs stations de ski en Haute-Savoie. Je suis météorologue. Très bonne année pour l'enneigement, très bonne année pour nous donc. On parie sur le climat comme on parie au casino. On a gagné. C'était prévu, dit-il en se touchant la poitrine. La météo, chez moi, c'est de naissance : je suis né pendant l'hiver 62-63, un froid exceptionnel par sa durée. Vous savez que l'on peut même acheter des vacances assurées contre la pluie ? Un jour de pluie et on vous le rembourse !

Pour m'extraire de la situation, je survole du regard l'assemblée ; j'aperçois alors Karl Carter s'avançant en vainqueur. « Enfin » est le premier mot qui me vient à l'esprit. Je lis la surprise dans les yeux de Beverly au moment où il s'approche d'elle, je vois qu'elle me cherche et ne me trouve pas. Il l'embrasse sur la joue, elle reprend contenance pour le présenter aux personnes qui l'entourent. Comme par enchantement, il a pris la place que j'occupais il y a quelques instants, parle avec mes mots et mon sourire. Je voudrais leur dire qu'il n'est pas moi, qu'il y a erreur. Mais je suis figé comme dans ces rêves où l'on est incapable de bouger, où l'on doit assister jusqu'au bout au déroulement de l'action sans pouvoir intervenir.

Instantanément, ils reforment le couple glorieux du premier jour. Ils ont cette même intensité qui les distingue.

– Vous avez vu un fantôme ? demande le météorologue.

– Mon ombre.

– C'est qu'il y a du soleil !

*

– Je ne savais pas qu'il serait là.

Elle le dit avant toute chose, d'un trait, pour parer à toute éventualité, dès que j'ouvre la porte après ses trois coups habituels. Elle porte un jean, un tee-shirt blanc, ses pieds sont nus, ses cheveux encore mouillés. Elle s'est assise sur le canapé. Comme elle ne me sent pas hostile, elle se détend. Je ne l'ai pas revue depuis la veille, à la convention.

Je suis parti sans un mot, comme quelqu'un qui a perdu sa place et n'ose pas l'apprendre à sa famille. J'ai passé la nuit à l'attendre, somnolant par intermittence, guettant les bruits dans la cage d'escalier.

Elle me dit qu'ils se voient pour le travail, qu'il fait en sorte que sa carrière décolle, qu'il n'y a rien d'autre, qu'elle ne m'en a pas parlé parce que… Je l'interromps :

– Ça s'est bien terminé ?

– Ils t'ont cherché. Moi aussi.

Beverly reprend l'explication qu'elle croit juste de m'apporter :

– Il a misé sur moi. Une telle conjonction n'arrive pas deux fois dans une vie. Ça ne se rate pas, pas quand on vient d'où je viens. Qu'importe que j'en aie envie. À la fin, on se rend compte qu'on n'est pas là pour vouloir quoi que ce soit ; on est choisi, on se donne, c'est tout.

Elle semble être une autre, elle est déjà une autre. Les premiers signes de son élection sont visibles dans les cieux comme dans ses yeux irradiés par le futur. C'est bien une transfiguration qu'opère l'industrie du rêve sur ceux qu'elle choisit. Le monde va bientôt se synchroniser sur elle, un peu comme la puissance spirituelle d'une prière collective. Beverly suit son cours, rapide, spectaculaire, équivoque. Elle me dit qu'elle me garde une place, qu'elle me l'a préparée, qu'elle me veut à ses côtés, qu'elle m'aime, qu'elle ne laissera pas Carter toucher à nos projets. Comme d'autres, à d'autres fonctions, j'appartiens à l'entourage. Je constate, incrédule, mon intégration au « staff ».

Je fais mon annonce d'une voix neutre :

– Je quitte l'appartement. La location prend fin.

Elle me propose de m'installer chez elle. Je refuse, elle n'insiste pas. J'aurais aimé qu'elle essaye de me convaincre. Je dis que je vais trouver un autre arrangement, comme s'il s'agissait d'un tracas sans importance.

Le tournage de son film commence dans deux jours. Elle va être absente une bonne partie de l'été : Taïwan, Californie, Shanghai… Notre aparté se termine, Repulse Bay se referme. Rendez-vous ailleurs, en fonction du plan de tournage. Je la regarde comme une énigme dont je n'aurai jamais la solution.

– De quoi as-tu peur ? me demande-t-elle. Je ne vais pas disparaître.

– Si, précisément. Tu vas prendre de la vitesse, une vitesse telle que tu disparaîtras.

– Je ne comprends rien à ce que tu dis.

Je suis un enfant capricieux, voilà ce qu'elle pense.

– Tu es une petite nature, dit-elle en me prenant par le cou. Tu n'y peux rien, ce sont tes gènes. Mais je suis là, avec les miens, qui sont très bons. Suprématie de la race chinoise.

Elle m'embrasse. Un baiser de Méduse, qui doit sûrement pouvoir transformer les petites natures en pierre. Je ne te cacherai rien désormais, m'a-t-elle dit. À moi de me débrouiller pour avancer dans les décombres avec élégance. C'est le rôle qu'elle m'a attribué.

*

Fatales Stratégies m'a indiqué par e-mail qu'ils mettaient fin sans délai à la location de l'appartement de Repulse Bay. La société a été rachetée par un groupe américain dont je ne mets pas longtemps à découvrir les liens objectifs avec les affaires de Carter. Il accélère le mouvement, comptant sur la force centrifuge pour m'éjecter du paysage.

J'ai cette vision récurrente d'une scène de crime, d'un homme flottant sur le ventre dans une piscine. La piscine est celle qu'on aperçoit depuis le balcon de l'appartement que j'occupe, au-dessus de celui de Beverly. Parfois, je crois reconnaître la corpulence de Carter, parfois j'ai l'impression que c'est mon corps qui flotte.

Carter est une fiction qui m'envahit chaque jour un peu plus. Je repasse en boucle le moment où il entre dans la salle de conférence. C'est comme s'il m'avait ordonné de lui rendre sa place et de disparaître. J'obéis. À la niche. Carter ne tente pas de me reprendre Beverly, il invente une autre femme qui n'aura plus besoin de moi. Je consulte sur Internet des articles sur l'hystérie masculine pour confirmer l'idée que je me fais de mon état. J'ai des bouffées de haine. J'imagine des répliques cinglantes, des coups définitifs. Je peaufine mes victoires à coups de grands gestes dans le vide. Je répète la scène jusqu'à ce que mon esprit, abruti de fantasmes ineptes, s'épuise. Je me fais honte.

*

Désormais, je ne suis qu'un habitant de Hong Kong parmi les autres, un citadin générique. Le temps de la découverte, des excursions qui me menaient au hasard, est terminé. Mon statut d'exterritorialité m'a été retiré. Je dois trouver une nouvelle résidence dans une partie de l'île plus adaptée à mes moyens. Je sais d'expérience que dans la zone de confort, il n'est pas nécessaire d'être riche. On peut profiter de la vitesse de dispersion du capital accumulé par d'autres, comme un surfeur profite de la vitesse de la vague. J'emprunte ces flux invisibles avec la crainte que le courant cesse un jour de me porter. L'effet d'accélération me propulse dans des voitures de luxe, des appartements d'exception, des hôtels cinq étoiles, des bateaux, des avions. En toute logique, ce que je gagne n'est pas suffisant pour mener la vie que j'ai depuis vingt ans. À présent, je dois quitter cette petite baie huppée, ses immeubles luxueux, ses familles expatriées et sa plage paranoïaque. Pour aller où ?

Derniers jours à Repulse Bay. Six heures, je sors de l'immeuble. L'humidité de l'air est déjà suffocante. Depuis que je vis à Hong Kong, je me réveille presque chaque jour avant l'aube. J'ai d'abord pensé que c'était un effet du décalage horaire, qui s'estomperait avec le temps. Mais je dors rarement plus de quatre heures consécutives. Parfois, dans la journée, je suis ivre de sommeil. Cette ville m'épuise, elle tire sur moi comme sur une corde et m'use avant l'heure. C'est pour cela que je l'aime.

Je descends une fois encore l'allée, ouvre la porte en fer, traverse la petite route et rejoins la plage, n'aspirant qu'à plonger dans la mer. Je nage lentement en longues coulées, le long des bouées du filet antirequins, d'un côté à l'autre de la baie. Le temps s'efface dans le rythme de la nage et la sensation de l'eau qui me freine à chaque poussée. J'inscris dans mon corps la mesure de la baie. Je reviens sur la plage dans un état second, avec la sensation d'être à plusieurs endroits en même temps.

Le petit garçon de Beverly s'amuse sur le rivage avec sa nounou. Des membres du staff, des collègues en quelque sorte, me dis-je en leur souriant. Gina est philippine. Elle est petite, calme et enjouée. Elle supporte d'une humeur égale la charge du service de garde d'enfant à demeure pour les Carter, six jours sur sept. Le dimanche, elle retrouve ses compatriotes à Central pour un pique-nique aux pieds de la tour HSBC. Gina et l'enfant vivent ensemble dans l'appartement de Mids Levels ; plus rarement dans celui de Repulse Bay. Ils se donnent l'un à l'autre, en attendant que quelqu'un se souvienne d'eux.

Je m'assois à leurs côtés. Le petit prend de l'eau dans une pelle en plastique et la verse dans un trou de sable. Absorbé par son activité, il ne m'accorde aucune attention.

Il pousse des petits cris, parle à l'eau, au sable, au trou. Il recommence inlassablement les mêmes gestes. Je voudrais avoir le cœur d'agir comme lui, sans me poser de questions et croire que ce que j'entreprends n'est peut-être pas inutile. Je le plains d'avoir une mère comme Beverly, partie à la chasse, occupée à se faire applaudir. Je me plains aussi. Je pourrais même plaindre Carter. Je nous plains, nous, le petit clan des rivaux aux vies contingentes, à qui Beverly procure un idéal et un espoir ; en elle, nous marchons au-delà de nous-mêmes. Admirable femme qui a su dénouer toute attache, qui s'est affranchie de la pulsion suicidaire de se vouer à un enfant, qui s'est défaite du poids ridicule de l'amour. Elle atteint la condition supérieure. Elle est le point vélique du vaisseau qui nous traîne sans pitié vers une assourdissante liberté.

Je remonte à l'appartement à temps pour répondre à l'appel de Nicholas. Il y a deux jours, je lui ai envoyé un e-mail pour l'informer de mon déménagement et lui demander, à tout hasard, s'il n'avait pas une solution pour moi.

– Un bateau, gratos, ça t'irait ?

– Où est-il, ton bateau ?

– Aberdeen. Je voyais ça en Écosse, mais il paraît que c'est aussi à Hong Kong. Ça te dit quelque chose ?

– Oui, c'est à côté.

– Et voilà le travail ! C'est un type que je connais ; il me doit un service. Je t'envoie les détails.

Les choses s'arrangent souvent d'elles-mêmes dans ma vie. Je me suis habitué à ce genre de providence. Je n'ai pas à me battre. Je vais donc m'installer à Aberdeen : ses jonques, ses bateaux de pêche, ses yachts, ses restaurants flottants pour touristes.

Beverly s'en va. Elle a l'air plus juvénile que jamais. Elle s'est habillée comme une adolescente rebelle en route pour le tour du monde. Je lui dis qu'elle est lumineuse, qu'on dirait qu'elle vient de naître.

– Ce n'est pas moi, c'est mon personnage. Effectivement, je viens de naître, me répond-elle en s'affairant.

Elle incarne le rôle d'une jeune femme qui suit des études de physique en Californie. Lors d'un séjour à l'université de Taïwan, elle affronte des forces obscures et ses origines. Un personnage conçu pour fédérer un public international.

Partir est une chose que Beverly fait très bien, sans scrupule, sans regrets. Elle s'empresse à la moindre brise qui lui parle d'ailleurs et d'autrement. L'intendance fera ce qu'elle voudra. Je l'accompagne devant l'immeuble où une voiture l'attend. Elle me dit de penser au paquet que je dois remettre à Janet. Elle se dépêche, elle est en retard. Un baiser, elle est partie.

J'essaye de comprendre le sens de l'apparition de Beverly dans ma vie et je repense aux premiers moments sur la plage. Peut-être ai-je été recruté, comme dans un roman d'espionnage ? Beverly est de ces gens qui savent d'instinct repérer les êtres sans détermination réelle et les mettre au travail, en leur donnant un but, une joie qu'ils ne pourraient découvrir par eux-mêmes. Elle a l'intuition du prêcheur. Mais je ne suis pas une âme pieuse, plutôt un touriste ou un amateur éclairé. Le mot amour m'a toujours semblé impropre à définir ce qui existe entre nous.

En travaillant à réduire l'existence à des intrigues élémentaires, j'ai au moins appris une chose : le dessein d'une « histoire vraie » n'émerge du chaos que par intermittence, seulement si l'on parvient à voir sans regarder, à ne pas accommoder sa vision sur les faits, à ne pas rechercher la netteté qui vous dérobe le trésor en vidant la vie de toute vie.

*

Je passe la main sur la toile des draps de coton que Beverly a choisis et qu'elle aime tant. Par terre, les sédiments de notre vie nocturne, quelques traces d'elle. Je contemple le matelas posé à même le sol, ce petit rectangle solitaire et partagé, comme un seuil, ma mémoire la plus fidèle, mes rêves sans souvenirs. L'alignement des lames rouges du parquet crée des perspectives, dessine des lignes de fuite. Je parcours les pièces ; la topographie du lieu se grave en moi. Il restera que j'ai vécu dans un appartement à Repulse Bay, au-dessus de chez Beverly C. Après une dernière inspection, je referme la porte de l'appartement avec un sentiment de perte irréparable. La maison nous fait prendre des plis, et quand les plis sont pris, il devient alors difficile de croire qu'« ailleurs et autrement » puisse être un bienfait. J'empoigne mes bagages et je plonge dans l'étuve de l'escalier, suant à grosses gouttes.

– *Airport ?* demande le chauffeur de taxi en voyant mes trois valises.

– Aberdeen, Jumbo.

Il est déçu, c'est vraiment une course minable. Je lui laisserai un pourboire excessif. Je n'aime pas décevoir les attentes.

C'est l'heure où les résidents de la côte sud rentrent chez eux. Nous croisons une file de voitures et de bus pare-chocs contre pare-chocs. En moins de cinq minutes, nous arrivons sur la petite place circulaire, devant les embarcadères des sampans qui permettent de visiter le port ou de rejoindre les restaurants flottants, grandes pagodes à plusieurs étages ancrées au milieu de l'eau.

Le port d'Aberdeen est établi sur la courbe du détroit entre l'île de Hong Kong et la petite île d'Ap Lei Chau. Avant la première guerre de l'opium, il servait aux navires d'abri contre les typhons. Au point le plus resserré du détroit, un grand ouvrage en béton relie les deux îles et marque une séparation entre les activités de plaisance à l'est et la pêche à l'ouest.

Je suis sur le trottoir, avec mes trois valises, devant la porte qui empêche l'accès aux pontons. Je n'ai pour toute information que le nom du bateau, *Father Day*. Nicholas m'a assuré que le propriétaire avait prévenu le bureau du Marina Club de mon arrivée. J'appelle un type derrière la grille, qui feint de ne pas entendre. Après un court instant, probablement par la grâce de la caméra de surveillance dont j'attire l'attention depuis un moment, un vigile en uniforme apparaît tout sourire. J'explique mon cas et il me conduit à l'emplacement de *Father Day*.

Je ne connais rien aux bateaux en général ; je qualifierais celui-ci de jonque moderne à moteur : un gros rafiot en bois un peu couillon, avec un garde-corps ouvragé peint dans une couleur marronnasse qui m'évoque, pour je ne sais quelle raison, les guinguettes des bords de Marne. *Father Day* est le type d'embarcation « couleur locale », idéale pour emmener les touristes se balader en mer. Il voisine benoîtement avec des coques profilées qui proclament leur puissance, leur rapidité et leur prix. Pourtant, la plupart de ces engins ne naviguent presque jamais, n'ayant pour fonction essentielle que d'affirmer le statut social de leur propriétaire.

Je pose mes affaires dans la cabine de pont, sur le parquet verni du même rouge que celui de l'appartement de Repulse Bay. À mesure que la nuit tombe, le reflet des lumières commerciales du Jumbo Restaurant colore l'eau irisée par les traînées de gasoil. Depuis mon parking à yachts aux pontons à présent désertés, j'observe l'activité des restaurants flottants, semblable à une fête foraine : guirlandes lumineuses, musique, balades en jonque. Sur

Ap Lei Chau, les grandes tours d'habitation et le mont Johnston occupent mon horizon immédiat. La mer est urbanisée au point qu'elle n'est plus vraiment la mer.

J'inspecte les lieux. Les cabines sentent le moisi, la literie est douteuse. Je croirais entendre Nicholas : « Tu vas pas te plaindre en plus ? » Je ferai au plus simple pour ce soir. J'envisagerai progressivement comment je peux vivre dans cet endroit étranger et mouvant. J'aurais pu me douter qu'un bateau n'était pas une maison comme une autre. J'ai trouvé des bières dans le frigo ; je m'installe sur le pont avec un matelas de plage imprégné de l'odeur d'ambre solaire. Planqué à Aberdeen mais calé sur la fréquence des bruits de la ville, je transpire dans la nuit tropicale en pensant à la niaiserie des rêves que chacun caresse en secret : la richesse, l'amour, la débauche, le temps immobile jusqu'à la fin des jours, Beverly C.

*

Un texto de Beverly me réveille heureusement ; les images de sa vie viennent m'effleurer dans le petit matin industrieux du port d'Aberdeen. Elle me propose de la retrouver en Californie dans un mois, pour profiter de trois jours de repos prévus dans le plan de tournage.

Je décide de m'installer un bureau sur le pont arrière. J'écris sur mon ordinateur une histoire en deux pages : un jour, un homme entre deux âges se lève bien décidé à ne plus supporter les humiliations et les frustrations passées. Il veut les femmes inaccessibles, les maisons de rêve, le temps cinq étoiles, la grande vie. Il se met au travail sans respecter aucune des règles auxquelles il croyait jusqu'alors. Il prend des risques, il a de la chance. Il commence à gagner de l'argent, beaucoup d'argent. Les limites s'éloignent et l'ambition se fait moins pressante. Ce qu'il peut désormais acheter ne l'intéresse plus. Les femmes à sa portée ne lui semblent plus si belles. J'intitule la nouvelle *Quelque chose derrière le soleil*, en pensant à la chanson de Nick Drake.

Pendant que j'écris, je repère sur un bateau voisin un tout jeune homme occidental qui m'observe depuis un moment. Je me demande ce qu'il voit, rien que je ne serais jamais capable de voir probablement. Finalement, je lui adresse un signe de la main.

– Bonjour, me répond-il en français. Vous venez d'arriver ?

– Oui.

– Vous voulez un café ? demande-t-il avec un espoir impossible à décevoir.

Je monte à son bord. Le bateau est moderne et luxueux ; il appartient à son patron, un propriétaire de bars à Causeway Bay et Lan Kwai Fong. Étienne n'a pas plus de seize ans, un regard d'une transparence et d'une pureté qui me rendent confusément honteux. Il est arrivé depuis deux mois à Hong Kong. Un jour, il est parti de chez lui sans rien dire, direction Roissy. Personne en France ne sait où il se trouve. Il adore vivre ici et non, il ne se sent pas seul du tout. Il a déjà sympathisé avec des gens, mais il est content de parler avec un compatriote.

– Connais-tu un moyen de se connecter ici ?

– Je vous note le code de mon patron. C'est le WiFi de la marina.

Ses cheveux séparés par une raie au milieu encadrent un visage qui me parle de chez moi, une certaine qualité de nerfs inscrite dans les traits, l'esprit d'une lignée établie de longue date, un paysage que je partage avec lui et que l'éloignement n'a pas eu le temps de gommer ou ne gommera jamais. Aucune trace en lui de veulerie adolescente. Il resplendit du bonheur d'être vivant et libre dans l'aventure de sa fuite, comme moi à mon arrivée ici. Peut-être est-il ici pour toujours, disparu à jamais aux yeux des siens, arraché au marasme de l'origine. Comme moi peut-être ?

– Ça te plaît, ton boulot ?

– Oui, c'est idéal pour rencontrer des gens. J'ai des idées de business. Je viens de créer ma première société ; ici, il n'y a presque pas d'impôts, les règles sont simples.

– Les affaires…

– Il y a tous ces gens qui attendent quelque chose. Il suffit de leur donner ce qu'ils veulent.

Simple. De quelle bouche immobile sortent ces mots ? Encore un enrôlé volontaire dans la compétition qui fait rage. La guerre est là. Dans les rues, les murs affichent le programme, les couleurs de la guerre, le visage des vainqueurs. Allez, on y croit ! Aux meurtrières, à l'attaque ! Aux hachoirs ! Moi aussi je suis dans le business. S'en souvenir.

Étienne part travailler et me laisse avec le sentiment d'avoir des torts à réparer. Il me vient l'envie d'appeler mon père, de prendre de ses nouvelles, de lui donner des miennes, de rendre ma vie et sa mort plus faciles. Tant que j'y suis, je pourrais aussi appeler le père d'Étienne, pour lui dire que son fils n'a plus besoin de lui, qu'il peut consacrer sa vie à autre chose, si ce n'est pas déjà le cas. Un père digne de ce nom devrait toujours se préoccuper d'autre chose que de son fils, n'est-ce pas ? Je me rappelle une vieille comédie hongkongaise avec Daniel Ye, où père et fils sont pris de convulsions quand ils entendent le mot « père ».

Le mien se tenait à distance, à la lisière du monde que nous occupions ma mère et moi. Il avait ses raisons, celles que l'on expose à un enfant et celles qu'on ne lui dissimule jamais vraiment. Il était peu à la maison, sa présence ressemblait de toute façon à une absence ; il s'y mêlait une sorte de fatigue, de capitulation, comme s'il avait dû renoncer à sa propre existence. Attendait-il quelque chose de moi ? En grandissant, j'ai cessé de me poser la question. Calquant mon attitude sur la sienne, je me retirais en moi-même. Je me rendais inatteignable. Je compris plus tard que j'aurais voulu qu'il me sorte des jupes des femmes, en m'emmenant au foot par exemple. Mais il ne se risquait pas à enfreindre la loi secrète : je n'étais pas à lui ; les femmes s'entendent à confisquer leurs enfants. J'attendais en vain une initiation, l'assomption de l'âme de la mère vers le père. Mais pour transformer son fils en homme, il suffit parfois au père de ne pas être là. Irréductible légèreté de la figure paternelle.

En relevant mes e-mails, je constate l'effet Beverly. On me propose l'achat de la première version du scénario sur le dérèglement climatique. La lettre parle de scénaristes, de représentants légaux, de projet de contrat en pièce jointe. On me dit, en somme, que mon rôle est terminé, que maintenant il faut laisser faire les professionnels. On y met les formes pour ménager « l'ami » de la star. On me jette une friandise.

*

Quand Beverly est loin, j'ai d'elle l'image d'une femme forte, d'un roc que rien ne peut entamer. Ses appels téléphoniques sont courts et informatifs, rien à voir avec des conversations romantiques. Elle me dit qu'elle m'aime sur le ton qu'on prend pour dire au revoir à un copain. Pourtant, Beverly a connu la passion, elle a éprouvé le manque, le corps recroquevillé sur le lit en attendant que l'autre appelle. Elle l'a vécue très jeune et considère cet état comme une maladie infantile, un besoin d'imitation, un comportement complaisant. Elle refuse de jouer les rôles de femmes esclaves du désir, qu'elle juge relever d'une maladie de nerfs démodée, ou d'une ficelle pour scénariste en manque d'inspiration.

Elle est ma jeune lionne qui n'a besoin de rien. Elle ne peut perdre la face. Moi, je rêve de sa peau, de la délicatesse de sa main, de l'implantation parfaite de ses poils pubiens. Je m'accorde le droit au manque, au fantasme fusionnel. Je l'exalte en inventant une distance supplémentaire.

33 °Celsius, 95 % d'humidité ; le ciel si bas qu'il s'accroche au pic des montagnes et éclipse le sommet des tours. Je marche sur Caine Lane comme si j'entrais dans un bain de vapeur, tout mon corps enveloppé d'un voile humide. Le quartier où habitent Philippe et Cathy se trouve sur la pente du Peak, au-dessus de Hollywood Road. Brièvement, dans une courbe de la route, je me crois transporté dans la jungle tropicale, un Hong Kong d'avant ou d'après les buildings, une bulle de temps, un été sans début ni fin, blanc, immobile, que j'ai déjà vécu, que je revivrai. J'y entre parfois, par une grâce spéciale. Le temps y est liquide, musical, entièrement accompli ou totalement préfiguré. Un bref avant-goût d'éternité.

Je trouve Philippe au milieu des cartons.

– Tu déménages ?

– J'ai ma dose. Je rentre à Paris.

– Comme ça, d'un coup ?

– Ouais. Cathy voulait partir depuis longtemps de toute façon. On vivra chez mes parents dans un premier temps. On prend l'avion dimanche.

– Tu as un problème avec quelqu'un ?

– Non, non.

Cathy sort de la chambre, apaisée, comme quelqu'un qui se sent tiré d'affaires. À l'époque de l'épidémie de

SRAS, certains avaient saisi l'occasion de l'urgence sanitaire pour plier bagages, y trouvant une porte de sortie honorable. Philippe ne prend pas la peine de chercher un prétexte. Depuis un moment, il est émotionnellement disloqué, comme un musicien en tournée depuis si longtemps qu'il ne sait plus où il joue. Il est amaigri, creusé de l'intérieur. D'ici quelques semaines, il recevra sa vie du bout du monde dans des cartons, et pendant longtemps il se demandera si elle a vraiment existé.

Ils s'assoient côte à côte sur le canapé et m'observent avec compassion. Ceux qui ont le pressentiment de la catastrophe finissent toujours par avoir raison. Combien de temps va-t-il encore résister ? s'interrogent-ils.

– Et ta princesse de Chine ? demande Philippe.

– Partie envoûter le monde.

Cathy :

– Tu connais la théorie de la princesse ? Celui qui lui dit où est sa place devient son maître.

– Et je finirai par la mépriser et je l'aurai perdue aussi.

– Alors, tu es mal barré.

– Je le crains.

– J'ai un conseil pour toi : dans cette ville, ne joue pas comme si tu n'avais rien à perdre. Tu es sur le dos du dragon, pas sur un manège.

Cathy a sûrement raison. Les lumières de Hong Kong sont entrées dans ma tête. Contre toute raison, je laisse la ville me porter avec la confiance de l'enfant pour sa mère. Entre ses bras, je m'offre l'illusion d'être protégé. Mon petit monde se délite à une vitesse remarquable, mais la ville est là ; elle m'aidera à rompre les dernières amarres avec l'idée que je me fais de moi-même. Sur ce territoire équivoque, j'ai l'impression apaisante d'anticiper toutes les séparations à venir. Je ne crains plus grand-chose car, d'une certaine façon, tout est déjà arrivé. Si New York est la ville du premier jour, Hong Kong est celle du dernier.

Je laisse Cathy et Philippe à leur départ, je retourne à la ville chaude, humide et palpitante.

*

Je ne suis pas descendu du bateau depuis plusieurs jours. Le roulis, pourtant à peine sensible, crée en moi une incertitude, une perte d'équilibre plus mentale que physique. La fatigue qui s'accumulait depuis des mois m'accable à présent. Je souffre de la chaleur et de l'humidité au point que ma conscience du temps en est altérée. Dans un état d'hébétude, je me concentre sur les bateaux qui croisent sans cesse dans le port. L'esprit vide, je me laisse aller à ma faiblesse. Assis sur une chaise en plastique, je mange des longans en laissant les écorces tomber sur le pont. Je fais glisser les noyaux dans ma bouche avant de les cracher par-dessus bord.

Je n'ai pas revu mon jeune voisin français ; peut-être a-t-il été appelé par son destin d'entrepreneur ou rattrapé par sa famille. À toute heure, des gens défilent sur les pontons et s'enferment dans les cabines des bateaux. Au bout d'une heure ou deux, ils repartent d'un pas rapide. Quelques visages deviennent familiers : le gros homme et la lycéenne, la femme d'affaires et ses gigolos. Par désœuvrement, je pourrais prendre des photos, les mettre dans des enveloppes, les déposer nuitamment sur le pont des bateaux. Je scruterais les réactions, je nouerais des intrigues, provoquerais des dénouements, risquerais ma vie… Mais ce n'est pas mon genre.

L'atmosphère du port est suffocante. L'air lourd, surchauffé, est empuanti d'une odeur d'huile chaude. Le temps sombre dans la surface ondulante des eaux. Je n'entends plus la ville, comme si son énergie romanesque était épuisée. Elle m'a laissé tomber. L'image de Beverly s'estompe. Mes antidotes n'agissent plus. Ma fuite se termine ; je suis arrivé, mon être harassé, vide de tout désir. Je ne me lave plus. La tentation du trou a eu raison de moi. Quand je n'aurai plus d'argent, je travaillerai dans l'un des restaurants flottants ; quand il faudra quitter le bateau, je louerai une chambre n'importe où. Je suis un corps mort et vivant à la fois, comme le poisson que les Chinois font frire tout en maintenant sa tête dans l'eau pour le garder en vie le plus longtemps possible.

Le nom de Beverly s'affiche sur mon téléphone ; je décroche. Là où je me trouve, rien de ce qu'elle dira ne peut m'atteindre. Mais elle ne dit rien. Je comprends que c'est un de ces appels spontanés qu'un téléphone mobile passe parfois à l'insu de son propriétaire. À des milliers de kilomètres, j'entends de faibles bruits, le son de sa voix qui parle à d'autres voix sous le soleil de Californie. Cet espace distant se met à vivre, à occuper mon esprit ; j'entends les couleurs, les nuages, j'ai l'impression de me dilater, d'être suspendu dans les hautes régions de l'atmosphère, là où les hautes fréquences qui partent de Gakona traquent à coups de millions de watts les aurores boréales. Au bout de la ligne, il y a la vie ; la vie qui vient de transpercer le voile qui me recouvre.

*

Ce matin, le soleil tente de dissoudre la couverture de brume, de vapeurs d'essence et de particules en suspension. Il y a quelque chose de corrosif dans l'air qui me donne envie de disparaître sous l'eau. Je débarque du bateau, les jambes incertaines. Je marche jusqu'à la piscine publique à côté des pontons. Après une longue douche, je plonge dans le bassin extérieur. J'avance sous l'eau à grandes brasses en rasant le sol bleu carrelé. Je ressens dans mon crâne la pression de ce bain tiède et chimique. Combien de temps puis-je rester au fond ? Franchir la limite du supportable, rien qu'un peu, le temps d'éprouver l'urgence, la rage. Je perce la surface, les yeux embués par le chlore, à côté d'une petite fille qui chante à tue-tête *Sexed-up : « Why don't we break up, there's nothing left to say…* » J'ai une irrépressible envie d'attraper sa petite tête blonde et de la plonger sous l'eau pour qu'elle cesse de chanter des chansons qui ne sont pas de son âge.

Une colère sombre monte en moi. Des images de la star Beverly C. et de son mari « le producteur américain, Karl Carter », dans l'exercice de leur prospérité, se bousculent dans mon esprit, tandis que je croupis sur ce crétin de *Father Day* dans ce trou puant d'Aberdeen.

Je me tire d'ici. Je déguerpis aussi vite que si le bateau était en feu. La porte de fer qui interdit l'accès aux pontons claque derrière moi ; je me sens comme un évadé.

Le taxi me dépose dans la petite allée au pied de l'immeuble de Beverly. La clé de l'appartement est toujours dans le porte-parapluies bleu. Je pose mes bagages dans la cuisine et ressors aussitôt. Je file au Repulse Bay Building et sonne chez Monsieur Ze. An Li m'ouvre.

– Bonjour, votre grand-père est là ?

– Oui. Yéye !

Monsieur Ze paraît, à petits pas. Il est content de me voir.

– *No more diving*, dit-il avec un sourire contrit.

Il me prie de m'asseoir et demande à sa petite-fille de préparer du thé.

– *Life good ?*

– *Life is life.*

– *Yes.*

Nous compensons notre conversation sommaire par la chaleur de nos voix et de nos sourires. J'explique que j'ai dû déménager et que je cherche un nouvel appartement à Repulse Bay. Après traduction, ma demande déclenche une assez longue discussion entre Monsieur Ze et An Li.

– Mon grand-père vous propose de rester ici le temps qu'il faut. Il vous aime beaucoup, vous savez.

Je souris à Monsieur Ze.

– Merci, j'accepte. Je suis très heureux que vous m'invitiez chez vous.

Nous parcourons ensemble l'appartement, il me montre une fenêtre qui ferme mal, le fonctionnement de la climatisation, la chambre que j'occuperai. Il me remet un trousseau de clés que je prends cérémonieusement. Avoir un invité le rend heureux comme un enfant.

– *An Li, tea* !

– Je suis en train de préparer une soupe, répond-elle.

– *Hungry* ?

– *Yes*.

De grandes baguettes à la main, An Li cuisine avec des gestes amples et calmes, ses cheveux noués en chignon maintenus par une autre baguette. Monsieur Ze sort des bols qu'il pose sur un plateau en bois laqué et va dresser la table dans le salon.

– Il doit prendre ses médicaments à heure fixe. Vous ferez attention.

– Entendu.

– Vous n'êtes plus avec elle ?

– Nous n'habitons pas ensemble.

– Ce n'est pas pratique.

Le repas est très gai. J'ai le sentiment de revenir d'un long exil.

*

Ma radio mentale diffuse en continu : évacuations dans trois provinces du Sud-Est de la Chine, plus d'un million de personnes sans abri, sept mille victimes, villages entiers disparus sous des coulées de boue, crues, ouragans, vagues gigantesques, alerte, alerte… Partout sur la terre des pluies diluviennes. Où va cette eau qui s'écoule et disparaît dans l'ombre comme un bruit de fond qui jamais ne s'arrête ? Quelle oreille est assez fine pour retrouver la trace de cette eau disparue ? Par quelle dérivation, par quel détournement, égarée dans quelle fissure ?

Les informations s'accumulent en moi ; je respire, mais c'est comme si j'étais mort les yeux ouverts, emporté par ces flots impétueux de mots, de sons, d'images qui ne connaissent aucune trêve, aucun manquement. Chaque récit est à la solde d'un autre. Je crois savoir, mais il suffit que je change l'angle de vue de quelques degrés pour découvrir un trompe-l'œil. Pour rendre le monde habitable, je corrige les perspectives, les adaptant à mon propre usage. Puisque le réel est litigieux, autant l'inventer.

« Ne bougez pas. Accordez-moi une semaine. Louis. »

J'ai transféré à Louis l'e-mail des producteurs américains, leur projet de contrat et mon scénario. Sujet imposé : le dérèglement climatique. Note d'intention : « Qu'est-ce qui sert la vie ? Pas forcément la défense de la nature ». Deux personnages : une femme idéaliste, un homme de pouvoir revenu de tout. Elle croit à une mission. Il lui oppose qu'il existe des risques non transférables, que la nature n'est que l'ultime superstition, qu'il n'y a rien à préserver, que les problèmes trouveront leurs solutions, que l'imaginaire s'épanouit dans la pollution, le gâchis, les émanations suspectes, les décharges publiques, qu'il tire profit du réchauffement climatique, de la déforestation et de la fonte des glaciers. Plutôt la mort que le règne despotique de la nature. Plutôt crever, plutôt tous crever. Elle le prend pour un fou dangereux. Il tombe amoureux d'elle et l'entraîne dans une passion qui la pousse à désobéir aux devoirs collectifs.

Si à chaque instant je n'avais Beverly à l'esprit, si je n'écrivais pas pour elle, rien que pour elle, avec le désir éperdu de la voir jouer, de contempler sa lumière sur l'écran, cette sorte de vie distante qu'on ne rejoint jamais que dans les rêves, les rebondissements du scénario m'auraient vite assommé. Je lui prends tout ce que je peux pour façonner le personnage qu'elle incarnera. Dans son regard qui ne me quitte pas, il y a : je sais ce que tu fais. Tu n'es pas le premier. Tu es comme les autres.

*

Première nuit dans l'immeuble en forme de vague. Je reprends mes habitudes, je vais à la plage dès mon réveil. Monsieur Ze dort encore. Je nage trop vite et je m'arrête bientôt sur un des pontons inoccupés pour profiter du paysage retrouvé de Repulse Bay. Je pense à l'avenir qui s'ouvre à nouveau. En revenant de la plage, je fais des courses dans le supermarché au pied de l'immeuble ; j'achète avec excès, n'importe quoi, en pensant à mon hôte. Je voudrais lui faire plaisir, savoir m'occuper de quelqu'un. Je reviens à l'appartement les bras chargés de choses inutiles ; il m'accueille en me proposant un bol de soupe à l'odeur de citronnelle. C'est lui qui s'occupe de moi.

La voix de Janet au téléphone me surprend par sa gaieté et me met instantanément de bonne humeur. Elle m'informe qu'elle est chez une amie à Shek O, elle va passer en voiture par Repulse Bay. Elle voudrait récupérer le paquet que Beverly m'a laissé à son intention. Sur le moment, j'avais trouvé étrange que Beverly me confie cette mission ordinaire. Je demande à Monsieur Ze la permission de la recevoir.

Elle entre parfumée, colorée, souriante, un événement sensoriel. Je ne peux m'empêcher de la détailler. Je lui sais gré de le prendre avec simplicité et bienveillance. Elle a l'habitude. On ne connaît pas de fiancée à Janet. On suppose qu'elle est homosexuelle. On n'en sait rien. Elle salue le maître de maison avec déférence. Il propose un thé, que nous prenons à la table de mah-jong devant les baies vitrées. Elle se lève pour regarder avec attention la photo de madame Ze accrochée dans son cadre sur le mur. Je sens qu'elle se projette dans cette vie disparue, cette beauté perdue. Cet instant de recueillement crée une harmonie entre nous trois. Nous sommes contents d'être auprès de cette femme, dans son souvenir. Monsieur Ze prétexte le besoin de se reposer pour nous laisser seuls.

Je lui tends le paquet qu'elle défait immédiatement. C'est une paire d'escarpins de couleur or que j'ai déjà vus aux pieds de Beverly.

– Merci ! Je dois les porter ce soir. Tu as des nouvelles ?

– Elle va bien, elle travaille beaucoup.

– Ils se précipitent, ils la veulent. C'est le bon moment pour elle, son nom va devenir une marque. On va l'avoir à toutes les sauces : Beverly C. jeans, Beverly C. spa, Beverly C. parfum, tout un bazar !

– J'écris un scénario pour elle. J'ai une histoire et une solution de production.

– Ah oui ? Je me demande pourquoi tu fais ça.

– Pour être avec elle. Sinon, je resterai sur le quai.

– Pourquoi crois-tu qu'elle est avec toi ?

Je l'écoute, l'esprit engourdi.

– Tant que je chanterai, que je tournerai des films, je ne me marierai pas, je ne me marierai peut-être jamais d'ailleurs.

– Je ne comprends pas.

– Une actrice ne devrait pas se marier ou alors se marier et mettre fin à sa carrière. Au début de son mariage, Beverly était heureuse. Et puis il a voulu la montrer, la transformer en star. Elle en avait sûrement envie, mais elle ne lui pardonnera jamais de l'avoir voulu aussi. C'est une femme chinoise, moi je ne le suis qu'à moitié ; il ne faut pas plaisanter avec les femmes chinoises. Finalement, une femme, chinoise ou pas, ce n'est pas très compliqué : elle a envie d'appartenir à un homme.

Janet ne parle que de ce qu'elle connaît, ou bien elle ne parle pas. Elle m'achève en détachant les mots qu'elle prononce :

– Elle a quitté Carter pour toi.

Elle se lève, m'embrasse sur la joue et s'en va. Je reste sur ma chaise.

Carter et moi suivons la même orbite distante autour de Beverly. La célébration de la beauté nous confond dans l'attraction des astres. Que faire de cette grâce qui vous éblouit un jour ? À vouloir la garder pour soi, à trop l'étreindre, elle s'évanouit. Pour la retrouver, il faut desserrer nos bras de sa taille, la voir s'éloigner, briller à nouveau. La beauté a besoin de la distance, elle procède du sacrifice. Les actrices le savent bien. Elles savent que personne n'est capable de vivre sans se raconter d'histoire, sans s'inventer une étoile qui brille dans la nuit, une *Skyline* à suivre des yeux.

En exposant sa femme, on la réenchante autant qu'on la profane. Il en reste toujours une humiliation partagée, un compte à régler.

Carter a payé. C'est à mon tour.

*

Les planètes s'alignent en cette fin d'été. Bientôt l'équinoxe, le centre du soleil exactement à la verticale de l'équateur.

C'est la première fois depuis que je suis à Hong Kong que Louis prend la peine de me téléphoner. Il a donné à lire le scénario à un grand acteur américain francophile, chevalier des Arts et des Lettres. Un ami de longue date, toujours à la recherche de nouveaux projets. Mon scénario tombe à point nommé. Il veut l'acheter, il veut le produire. Je dois accepter de voir mon travail largement remanié. Je suis d'accord pour lâcher tout ce qu'on veut, mais pas Beverly. C'est ma seule condition. Louis va prendre part à l'affaire en me représentant. Il m'envoie un contrat et quelqu'un pour travailler avec moi sur le scénario. Il m'assure que c'est très sérieux et que l'acteur peut lever l'argent nécessaire sur son nom. Je recevrai un premier virement d'ici quelques jours, dès réception du contrat signé. J'ai du mal à le croire.

Au même moment, j'apprends de Beverly que le tournage de son film est arrêté. Le financement vient à manquer. À la demande du gouvernement chinois, la banque a bloqué des transferts de fonds le temps d'une enquête pour corruption qui met en cause des cadres du Parti. Beverly revient à Hong Kong. La mise sur orbite est retardée, ou peut-être totalement compromise. Désormais, la carrière internationale de Beverly dépend peut-être de moi. Je me retrouve en première ligne, comme je le voulais.

J'entre dans l'aéroport avec la peur au ventre et un goût de métal dans la bouche. Le hall gigantesque m'apparaît ce soir comme l'antichambre du tribunal suprême. Je ne la vois pas arriver. Soudain, elle est là et se blottit dans mes bras. Mes yeux n'ont pas eu le temps de la mettre à distance. Je n'ai vécu que pour cette émotion-là. Je l'ai retrouvée, elle palpite contre moi, je suis à elle, elle est à moi. Je ne peux rien imaginer de plus accompli.

Dans la voiture, elle me dit qu'elle a rencontré l'acteur américain, l'ami de Louis, à Los Angeles. Il a parlé avec elle de leur future collaboration. Il semblait enchanté.

– Tu as réussi, dit-elle. C'est formidable, je suppose.

Je lis une tristesse inconnue sur son visage.

Nous roulons dans la nuit vers Repulse Bay, le long des empilements de conteneurs en transit. Nous ne parlons pas, nous nous tenons pour ne pas nous perdre. L'amour insondable sait tout : l'affinité prédestinée, les désirs tus, la loi silencieuse, le besoin de détruire, l'espoir déçu et l'autre qui s'en va.

Pour la première fois, nous allons chez elle, dans son lit de princesse chinoise. Je peux dire : « c'est ce que j'ai voulu ». Arriver, c'est finir. Nous sommes enlacés ; deux aimants de même pôle qui se rapprochent, mais ne peuvent se rejoindre qu'en luttant sans cesse contre la force qui les repousse fatalement. Dans l'obscurité de la chambre, elle dit :

– Je voulais qu'un homme me garde pour lui-même, je pensais que ce serait toi, Pierre.

Mon nom. Je l'avais oublié, je ne l'entendais plus. Je croyais être débarrassé de ce son-là. Mais, Pierre je suis, Pierre je reste, le fils prodigue, l'héritier qui abdique, le promis qui s'enfuit.

Nous n'avons pas dormi. Sur nos trajectoires brumeuses, nous nous adressons des signes, mais nous nous éloignons déjà. À l'aube, nous descendons la petite allée main dans la main. Nous rejoignons la plage et laissons les empreintes de nos pieds sur le sable encore frais. Nous plongeons dans cette mer qui ne nous lavera de rien. Depuis le ponton, je lui désigne l'appartement de Monsieur Ze.

– Tu dors juste au-dessus du passage du dragon, me dit-elle. Tu dois avoir de drôles de rêves.

Un supertanker s'éloigne vers le large en laissant une trace persistante sur la ligne d'horizon. Beverly observe sa peau luisante.

– Comment peux-tu te baigner ici tous les jours ? Cette mer est toxique.

Elle plonge et disparaît sous l'eau ; je l'imagine en train de se dissoudre. Je me tourne vers les collines. J'expire lentement ; le sentiment d'atteindre le bout d'une ligne, d'être arrivé. Une résolution harmonique.

*

Le scénariste professionnel est déjà en ville. Je le rencontre au Four Seasons où il est descendu pour cinq jours. Je ne peux que constater une fois de plus l'habileté de Louis. Il a choisi la personne avec qui j'allais immédiatement m'entendre, celui qui saurait m'amener à ce qu'il veut.

Simon est un rôdeur charmant, qui a en tête le plaisir et son travail intimement mêlés. La cinquantaine séduisante, il a l'air gourmand d'un enfant qui a réussi à attendrir le marchand de bonbons et va repartir les poches pleines.

– Je suis très content de travailler sur votre scénario.

Il me parle d'un chemin à trouver, d'appuyer là où « ça fait du bien ».

– C'est joli, les soleils couchants, mais ça manque de chaleur. On peut apporter plus d'éclat à certaines parties, n'est-ce pas ? Et puis les gens aiment bien avoir peur, vous savez, ils vous en veulent si vous leur dites que les loups-garous n'existent pas.

Il faut que ça fonctionne, que ça plaise ; attraper le pompon, toucher la fesse, faire un hit, rentrer l'argent, tomber la fille. Simon est un faiseur de succès. Je sais d'avance qu'il est là pour me vendre un dénouement pour le film, une fin internationale à 100 millions de dollars, avec génuflexion devant la Nature, la religion en vogue. Je me laisse rouler dans la farine par ce type qui me plaît.

Je travaille avec lui dans sa chambre d'hôtel ; nous nous lançons dans des pantomimes pour trouver les intentions des scènes de dialogue. Il est absolument sans vergogne et très drôle. Nous avançons bien et vite, comme des mécanos règlent une voiture ou des arnaqueurs une escroquerie ; l'histoire devient fonctionnelle, d'une netteté aveuglante, quasi pornographique. Un plan de conquête des systèmes nerveux, à la brutalité sirupeuse qui me donne vaguement la nausée. Peu importe.

Je rentre tard. C'est au tour de Beverly de m'attendre. Les agents s'activent et déterminent un calendrier. La machine de production se met en mouvement. J'imagine Carter, de son côté, en train d'essayer de reprendre le tournage de son film. En ce moment, il vit sans doute entre deux avions, s'efforçant de garder tous les fils en main.

Simon va à Macao et me propose d'y aller avec lui. Je décline l'invitation, mais je l'accompagne à travers Central, vers la gare maritime. Un sfumato atténue les contours, relie les êtres et les objets. La foule compacte conduit l'électricité dans l'air. Hong Kong se montre aux nouveaux arrivants, plante ses hameçons rouillés. J'observe Simon, son envoûtement progressif, rue après rue, son excitation, son appétit. Il y a un an, j'arrivais ici, je m'abandonnais à cette ivresse infinie que procure la ville. À présent, elle m'a mis au travail.

*

J'oubliais délibérément son nom. Je ne voulais pas le connaître. Je le laissais à l'arrière-plan, dans une zone d'existence accessoire vaguement inquiétante. Il s'appelle Ian. Il est assis sur mes genoux, Gina à nos côtés, tous trois à l'arrière de la voiture. Je dis son nom, il dit le mien, nous nous apprivoisons. Je laisse naître un peu de compassion pour ce petit garçon. Nous descendons de la voiture à l'American Club pour un après-midi récréatif en famille. L'inconvenance du mot me fait sourire.

Dans une sublime inertie, Beverly est allongée sur une chaise longue au bord de la piscine, une femme de vingt-huit ans, le corps pareil à une armure antique. Comme un titre, elle exerce sa beauté. Pas un souffle de vent. Pas une ride à la surface de la piscine ; l'eau ressemble à une épaisse gélatine bleue chauffée par le soleil. Tout est rangé à sa place, immobile. J'entre à l'intérieur d'une photographie posée au bord de la mer de Chine. Beverly relève un instant ses lunettes de soleil sur son front. L'air est épais, saturé de demandes fiévreuses qui nous laissent distants et ombrageux. Je dis : éblouis-moi, que cela ne s'arrête jamais. Elle dit : tu l'auras voulu.

Je me suis installé sur un lit de repos à côté d'elle. Assise, les jambes allongées au soleil, elle est au téléphone. Je l'entends gérer son entreprise personnelle, en cantonais, en anglais, en mandarin. Elle considère des propositions concurrentes. Je tente vainement de lire, mais je n'arrive pas à me concentrer.

– Combien proposent-ils ? dit-elle.

Elle continue la conversation en mandarin. Une désynchronisation imperceptible se produit entre son image et les paroles qu'elle prononce. C'est peut-être la brume de chaleur qui fait trembler la réalité. Les contours sont moins précis. Je perds le contact, comme s'il y avait de la neige sur l'écran. Suis-je le seul à m'en apercevoir ?

Elle tend le portable à son fils. Ian crie dans le récepteur : Papa ! Beverly reprend la communication et évoque longuement avec Carter les dernières péripéties du film en panne. Elle parle d'argent, d'assurance, d'avocats. Elle parle ouvertement, sans m'épargner aucun détail. Elle parle sans arrêt.

Gina joue avec Ian sur la pelouse à côté de la piscine ; Beverly scrute cette intimité qu'ils partagent. L'enfant vient régulièrement prendre sa mère à témoin de ses jeux ; il la désigne, la pointe du doigt, se confirme encore et encore sa présence. Car aujourd'hui, Beverly s'occupe aussi de son fils. Elle joue dans l'eau avec lui, elle le console quand il pleure. Elle le change, elle cherche sa tétine. À plusieurs reprises, pour capter l'attention de Ian, elle imite les gestes de Gina, ses attitudes. Elle s'applique, elle prend son rôle à cœur ; elle serait même capable de croire que c'est le rôle de sa vie.

Je voudrais me retirer sur la pointe des pieds sans qu'elle se rende compte de rien. Il y a tellement longtemps que ma volonté est tendue vers elle et contre moi que je suis épuisé, simplement épuisé.

Je prétexte un service à rendre à Monsieur Ze pour m'en aller.

– Ça t'amuse de jouer le garde-malade ? dit-elle.

*

Je consulte le dictionnaire.

Repulse : repousser (un ennemi, une demande). *Il la repoussa froidement.* Répulsion, aversion ; répulsif, repoussant ; refus, rejet ; *causer un sentiment d'aversion.*

On devrait toujours consulter le dictionnaire.

*

J'ai quitté Repulse Bay et je me suis installé au cœur de la ville, sur l'autre versant des montagnes qui partagent l'île. Je loue l'appartement qu'occupaient Philippe et Cathy sur Caine Lane. Une petite boîte composée de deux pièces au premier étage d'un bâtiment entouré d'îlots de végétation tropicale et de tours qui se dressent en bouquets serrés sur les pentes du Peak. Assis au milieu de mes valises, je considère cet appartement que je ne meublerai pas. Le temps se déroule sans heurts dans les habitations vides, peut-être parce que son cours n'est pas gêné par les traces du passé. Je me coule dans la forme de cet espace clos comme une vie, adossé au mur face à la fenêtre ouverte. Je pense avec gratitude aux petites choses dont je vais devoir m'occuper : changer le rideau de la douche, recoller des carreaux dans la salle de bains, repeindre la chambre, nettoyer les ventilateurs au plafond, le climatiseur et les vitres de la porte-fenêtre.

Je suis parti sans explication. Je ne réponds pas au téléphone. J'ai tracé une ligne imaginaire qui partage le nord et le sud, l'ubac et l'adret. Je suis décidé à ne plus tout confondre, à séparer la femme de l'idéal, la vie de son image scintillante. C'est un bon plan. Bien tranquille.

Je me place sous la protection de la ville, entre les rues et les collines, au milieu de la foule industrieuse, ma vie prise dans la vie des autres, travaillant anonymement à la respiration commune.

J'ai à nouveau la sensation de m'appartenir, comme si quelqu'un avait payé ma rançon. Je me dis que je l'ai échappé belle. Elle appelle régulièrement sans laisser de messages. Appels manqués. Là-bas, de l'autre côté, le soir tombe sur elle, les contours de son profil disparaissent lentement. Le tournage de son film va reprendre. Le scénario que j'ai terminé entre en production. Le monde n'attend qu'elle. Je ne veux plus m'en mêler. Beverly est une phrase qui ralentit et dont je désassemble les mots vains. Je lis, je relis jusqu'à ce que les syllabes se liquéfient.

La tête souriante de Philippe occupe l'écran de mon ordinateur. Son image floue s'actualise avec retard. Ma caméra lui offre un coup d'œil sur ses souvenirs.

– Constate par toi-même, il y a encore ton canapé.

– Il y a une chose que le propriétaire ne te dira jamais à propos de l'appartement : une jeune fille y a été tuée par son petit ami délaissé, il y a un peu plus de quinze ans. On a retrouvé son corps poignardé dans la chambre. Fais une petite prière pour elle ce soir avant de t'endormir. Les gens sont passionnels dans cette ville.

Entre le sol et l'azur, il y a le vide où s'élancent parfois du haut des tours les inconsolables. Les accès au sommet des buildings ont été cadenassés, mais on trouve toujours une trappe ouverte, une échelle de secours. La vie est une suite d'hypothèses risquées.

*

J'ai dormi comme cela ne m'était pas arrivé depuis longtemps. En ouvrant les yeux ce matin, je doutais de la réalité de ces derniers mois. L'odeur de l'océan portée par la brise du matin est venue me chercher dans mon lit. Je revêts mes vêtements et la ville qui me colle à la peau. La lumière est si faible que les couleurs pastel des immeubles d'habitation, rose, bleu, vert, jaune tournent au noir et blanc. L'air est moite, presque solide.

Mon téléphone vibre et affiche un numéro français ; c'est peut-être Nicholas. C'est son frère. Nicholas s'est jeté du haut d'un immeuble. Un choc mat et bref. Je suis le silence qui vient après.

À quoi a-t-il pensé juste avant ? A-t-il fermé les yeux ? A-t-il réussi à les garder ouverts jusqu'au bout ? Je suis sûr qu'il en avait fait le pari. Il m'avait dit : je t'appelle. Il m'avait dit : le ciel… C'est ça qu'il faut vendre, le ciel. Il n'a pas trouvé d'acquéreur ou il a décidé de se le payer lui-même, estimant qu'il le méritait bien. Il n'a dit adieu à personne, concluant probablement sa vie par un de ses « je les emmerde tous ». Il prenait toujours soin d'expliquer qu'il était le meilleur. Il en était si peu certain qu'il épuisait son entourage en vociférations. Il se réjouissait de la haine qu'il suscitait, parce qu'elle constituait la preuve de son existence. Du bruit et de la fureur contre la peur et la disparition. Une part de moi s'en va avec lui, quelque chose qui me restait d'avant.

L'esprit vide, je m'assois sur les marches de l'escalier d'une ruelle qui descend vers la baie. Une sensation lancinante, à peine une douleur, une répercussion infime de l'onde de choc que son corps a absorbé, comme si j'étais organiquement relié à lui.

Du haut de l'escalier, je reconnais les toits verts du Man Mo Temple. Je descends et entre dans l'obscurité du temple. La fumée des rouleaux d'encens accrochés au plafond ondule dans l'air en permanence, pour ne pas que les esprits disparaissent. Je me laisse dériver. Le repos, le silence, le coma. Un air frais glisse le long de ma nuque. Je ne dois pas rester ici. Je m'arrache à la torpeur pour reprendre ma route, ma marche.

Je suis l'homme qui marche dans la ville. Je veux connaître chaque rue, croiser chaque visage. Je dresse l'inventaire, debout tant que je peux. Les années disparaissent, le temps n'est pas à nous. Alors, je mesure la distance, délimite le territoire. Je suis l'arpenteur, mon corps est le cordeau. Je marche parce que si je restais immobile, je deviendrais fou.

Je reçois un message d'alerte générale de mon opérateur téléphonique : touristes et habitants de Hong Kong sont invités à rester cloîtrés chez eux, sous peine d'atteinte pulmonaire. Les capteurs témoignent d'une pollution record, le plus haut indice jamais enregistré. Le vent balaie les côtes de la Chine du Sud et apporte les miasmes de milliers d'usines qui tournent à plein régime. Il est midi et les buildings sont devenus des silhouettes fantomatiques d'une incroyable beauté. J'erre dans une épaisseur de brume qui obscurcit le ciel et le sentiment de l'avenir. Tout est recouvert, figé. Sur le trottoir, je n'ose plus avancer. L'angoisse est si forte que j'entre dans un bar où une dizaine de personnes se sont réfugiées. Tous ont les yeux fixés sur la télévision. Le journal d'informations montre qu'au même moment, à Pékin, le ciel est d'une étrange couleur orange, mélange de pollution et de sable transporté par le vent depuis le désert de Gobi. Le programme enchaîne avec des images de la pollution à Bali, l'île magique, le jardin extraordinaire qui disparaît sous les déchets des retraités européens. Il n'y a même plus assez d'eau potable pour les Balinais. Je voulais aller là-bas avec elle, mais il est bien trop tard.

Si Beverly et moi étions un film, la lumière reviendrait maintenant dans la salle.

*

Comme dans un rêve, elle apparaît par la grande fenêtre de mon appartement, marche, provocante et fragile, cherche mon immeuble, hésite. Elle existe bel et bien, dans cette ville, sur cette terre. Comment m'a-t-elle retrouvé ? Je descends à sa rencontre, hébété. Je ne vois que son visage. Elle est debout, sur la route embaumée par les parfums d'eucalyptus et de magnolias à grandes fleurs. Elle sourit, un sourire inquiétant. Elle a l'air d'être capable de n'importe quoi. Je m'avance jusqu'à elle. Elle me fixe, chaque seconde me semble une éternité. Elle me frappe de toutes ses forces du plat de la main. Je pare le coup en levant le bras.

– Pourquoi tu disparais sans un mot ?

Je pense : je vais la prendre dans mes bras, pour la calmer. Mais je ne peux pas bouger.

– Pourquoi tu ne me prends pas dans tes bras, pourquoi tu ne m'embrasses pas ?

Oui, pourquoi ? Des larmes de rage coulent sur son visage.

– Pourquoi tu t'en vas ?

– Je n'y arrive plus.

Ma voix est étranglée, étrangère. Je suis sorti de moi-même et j'enregistre la scène : ses joues noires de rimmel, une feuille d'arbre prise dans ses cheveux. Je suis une caméra qui capture en plan serré le visage de cette femme. L'émotion la submerge mais elle reste fière. Et elle parvient à dire :

– J'ai besoin de toi.

Je m'entends répondre :

– Je ne crois pas.

– Tu es un monstre.

Je voudrais lui dire les mots que l'amour a inventés, il y des siècles : « Tu es la flamme qui me consume. » Elle répondrait : « Je brûlerai, tu auras beau partir, je brûlerai ». Mais je ne suis qu'une caméra, une caméra-monstre à la mémoire persistante. Une suite d'images se superpose à son corps tremblant : elle danse sur le matelas posé par terre, son regard à peine visible derrière ses cheveux, jusqu'au matin ses seins dans mes mains, ses lèvres sur la porcelaine d'une tasse, la marque bleue sur son dos. Elle s'en va. Sa voiture s'éloigne. Fin de séquence. Que s'est-il passé ?

Ce qui nous unit se moque bien de savoir si nous sommes d'accord. Nous pouvons bien gesticuler, hurler, nous enfuir. À la source des eaux grasses où surnagent nos vies, il y a une eau pure où nous nous sommes baignés, une cérémonie qui se renouvelle parfois quand nous sommes ensemble. De tels espaces, de telles durées, des villes au-delà des villes et une grâce occulte : nous.

Je remonte à l'appartement et reprends mes travaux d'enduit et de peinture, à la manière d'un personnage de dessin animé qui continue un instant encore de marcher dans le vide. Je comble les brèches mais elle m'a trouvé. Il a suffi qu'elle paraisse.

*

Lorsque je me sens enfin dériver vers le sommeil, un son aussi distinct qu'un corps qui s'écrase me ramène brutalement à la conscience. La tension sexuelle m'oppresse et m'empêche de me rendormir. Je construis des fantasmes érotiques que Beverly vient inévitablement défaire. Je lutte avec des images, des mots qui cherchent une voix.

Je ferme les yeux pour écouter la pluie. Au sein du bruit de fond constant qui semble d'abord homogène, je distingue des différences, des mélodies singulières. Je me lève du lit et sors de l'appartement. Le temps de descendre l'escalier et la pluie tropicale a cessé. La nuit déploie ses ailes, une grande nuit claire de pleine lune, éblouissante comme dans un rêve, une nuit démons et merveilles qui rend la terre semblable au ciel. Je monte par les rues qui irradient la chaleur que le béton dégorge. L'odeur acide des arbres après la pluie est suffocante. Je devine les formes de corps en déplacement derrière les parois translucides des grands immeubles. Dix mille vies tout autour de moi. La terre tourne sur son axe, la lune entraîne les marées, les voitures et les camions roulent dans les tunnels sous la baie. Un guide invisible m'a pris par le bras ; je me laisse emporter dans le courant des sensations. J'arrive sur la vieille route du pic, dans la luxuriance tropicale. Un vent d'un autre monde fait bruisser les feuillages. La nuit est pleine de l'enfance, du bel été, du temps qui ne manquera jamais, du plus beau des visages, de l'odeur du soleil, du premier amour. Un tourbillon de prières exaucées. C'est avant la peur, avant de savoir que la vie reprend ce qu'elle donne et qu'en conséquence, on finit par ne plus rien vouloir.

J'arrive au sommet du pic. La route s'avance sur une portion plate puis bascule sur l'autre versant. Les sons sont emportés par le vent. Je ralentis, tous mes sens aux aguets ; je sens l'imminence d'un danger et j'hésite à revenir sur mes pas. Je commence la descente sur cette partie du chemin que les branches entremêlées des arbres ont rendue semblable à un tunnel. Soudain, la mer, immense, noir et argent, qui attendait depuis toujours. Elle m'aspire, je ne peux plus détacher les yeux de son miroitement. Mon corps s'est figé, je suis couvert de sueurs froides. Pas le temps d'appeler au secours. C'est comme si on me plongeait la tête dans un sac. Rien que les ténèbres sans limites, un court-circuit du temps, une aberration mathématique. Le choc me ramène instantanément à la terreur primitive, au gouffre profond où je hurle peut-être depuis toujours.

Je suis un néant caverneux. Mon corps s'effondre, je perds conscience.

Lorsque je reviens à moi, je suis debout sur la plage à Repulse Bay. Je ne me rappelle pas comment je suis arrivé là. J'entends le bruit de ma respiration inégale. Tout mon corps est endolori, mes vêtements sont mouillés, je n'ai plus de chaussures. Comme un naufragé, je marche sur le sable, dans un silence de fin du monde. Je longe les bâtiments publics et avance sur l'asphalte tiède de la route. La vie est figée, en attente. Je prends le passage qui mène à l'immeuble où j'ai habité. Devant la petite porte en fer, je tâte les poches de mon pantalon ; j'en sors mon trousseau auquel est accrochée la clé. À plusieurs reprises, j'essaye d'introduire la clé dans la serrure, sans y parvenir. Je rebrousse chemin et fais le tour par la route en courant comme je peux. J'arrive dans l'allée, essoufflé, hagard. Je n'y trouve aucune des voitures qui y sont habituellement garées. Je lève les yeux vers le bâtiment sombre ; il a été entièrement recouvert d'une bâche. Je n'arrive pas à relier ce tableau à une réalité ou à une suite logique d'événements. On m'a conduit ici pour m'obliger à voir. Je suis l'âme d'un mort qui vient hanter les lieux de son ancienne vie et se rend compte qu'elle n'a peut-être jamais existé ; à moins que le décor soit en réfection pour servir à une autre histoire. Repulse Bay va disparaître, il n'en restera bientôt plus de trace. Je dois changer le cours des choses, sinon le reste de ma vie sera semblable à cette nuit terrifiante et mon visage celui d'un gisant. La conscience est un éclair.

*

Je ne me remets pas de mon aventure nocturne. J'ai sans cesse peur de m'effondrer à nouveau. Le temps compte désormais, comme si un passage entre deux mondes allait se refermer.

Trois semaines. La séparation a objectivé la distance qui existait déjà entre nous. Je ne suis jamais parvenu à vaincre ma réticence. Mon esprit dissèque Beverly, la découpe : une silhouette en papier glacé, aux couleurs vives, aux angles durs, une mère dysfonctionnelle, une boursouflure d'ego, toute dédiée à la multiplication des reflets de son image. Elle est sans forme, sans poids, je tends les mains dans la nuit mais mes doigts ne touchent rien. Rien que la chaleur et l'humidité qui s'écoule et me recouvre lentement.

Beverly m'a fait toucher la vraie solitude. Avant elle, c'était un joli mot, un privilège, un accessoire de luxe. De l'autre côté de la terre, je suis allé chercher l'étrangère qui me délivrerait de mes semblables, de ces filles blanches, du temps pourri, du radotage, de l'ennui, de la lourdeur, du dégoût. Extravagante et banale aventure. Mais Beverly n'échappe à rien, elle ne diffère pas, elle vient, bien sûr, du fond des ténèbres que je fuis. Je n'irai nulle part sans passer par elle. Je l'ai trouvée pour qu'elle m'épuise, qu'elle me saigne, et pour lui rendre grâce.

Il ne m'a jamais rien dit, mais je sais bien que Philippe me plaignait d'être incapable de rompre avec cette distance du peintre qui évalue les proportions. Puissé-je la quitter ou l'aimer : voilà ce qu'il me souhaitait.

Beverly est ma catastrophe écologique personnelle. J'essaie d'en limiter les effets en m'éloignant de l'épicentre. Mais on ne se met à l'abri de l'autre qu'au prix de son propre exil. Je prononce son nom, ce prénom que je trouvais un peu bête. Beverly. Je fuis d'un bout à l'autre de l'appartement, d'un bout à l'autre de la ville. Beverly.

*

J'ai l'idée d'appeler An Li. Un appel à l'aide. Elle a toujours trouvé les paroles que je n'attendais pas et qu'il me fallait. Elle n'est pas surprise de m'entendre. Elle me propose un rendez-vous là où elle travaille le samedi après-midi, un magasin de luxe dans la tour IFC, qui expose les vêtements comme des œuvres d'art. Je la vois par la vitrine, frêle et délicate, se déplacer dans le cercle incestueux de la valeur, à la disposition de ses aînés. J'attends l'heure de sa pause déjeuner, observant les rituels de la transmutation commerciale. Elle sort finalement et m'invite à la suivre d'un très léger signe de tête. Elle m'a recommandé d'être discret. Je marche à quelques pas de cette petite jeune fille habillée en femme. Nous descendons deux étages par les escalators. Les hommes, les Occidentaux surtout, la détaillent. À l'extérieur, elle se retourne au milieu du flot des piétons pour m'attendre.

– Vous m'en voulez ? me demande-t-elle.

– De quoi ?

– De lui avoir révélé votre nouvelle adresse.

– Vous l'avez vue ?

– Oui. Elle est venue chez mon grand-père. Il faut bien que quelqu'un vous aide. Vous devriez me remercier.

– Merci.

Mon « merci » est suffisamment sincère pour qu'elle s'enhardisse.

– Oui, parce que vous ne comprenez rien. Venez.

Elle m'emmène sur une petite place provisoire à côté des travaux de comblement de la baie. Je la trouve changée, comme si elle allait quelque part et qu'elle n'avait plus de temps à perdre.

– Comment va votre grand-père ?

– Vous pourriez aller le voir.

– J'évite Repulse Bay.

Elle secoue la tête et me donne la mesure de mon ridicule.

– Qu'est-ce que vous voulez ? demande-t-elle.

– Être engueulé, sans doute.

Le sourire que j'esquisse vers An Li se heurte à ses yeux noirs.

– Ce n'est pas facile d'être regardée tout le temps.

Elle tire sur sa jupe et elle reprend :

– Vous devez la protéger.

– Ça a l'air simple comme ça…

– Je vous ai vus ensemble.

– Qu'est-ce vous avez vu ?

– Je vous ai vus sortir d'une voiture.

– Et ?

– Elle était pieds nus, alors vous l'avez soulevée de terre pour qu'elle ne se brûle pas sur le ciment ; elle a posé ses pieds sur vos chaussures, vous avanciez d'un seul pas. Tout était fluide, évident. Les sensations voyageaient entre vous. J'ai vu que vous étiez faits l'un pour l'autre.

Si je me moque de ce que disent ces yeux-là, je suis un pauvre type.

Autour de nous, le bruit des travaux monte encore en intensité. Des ouvriers découpent l'asphalte avec un disque d'acier refroidi à l'eau. Ce qui était encore récemment l'océan est devenu un terre-plein sur lequel circulent de gigantesques engins. Toute la zone est incertaine, bouleversée, en devenir. Un jour, peut-être, le niveau des eaux montera, la mer regagnera les terrains pris sur la baie, un ultime ouragan fera tomber les buildings de la *Skyline*. Alors, on en construira d'autres un peu plus loin, un peu plus haut. La pollution excédera les limites. On partira, on s'installera à nouveau. On oubliera ce qui existait.

*

Dans le miroir, mon visage, avide, presque sauvage. Mes poings se crispent, mes jointures deviennent blanches. Je me jette dans les rues pour prendre le Star Ferry à Central. Mes yeux glissent sur chaque femme que je croise. J'ai ce nœud dans le ventre, cette frustration qu'on accumule dans les grandes villes à force de croiser des inconnus. Pour m'épargner la chaleur écrasante, je me déplace d'immeuble en immeuble dans le labyrinthe de couloirs de verre et de ponts suspendus. Je traverse Chatter Road, puis entre dans le building du Mandarin Oriental. J'emprunte la galerie marchande jusqu'au lobby.

Carter est là, assis dans un canapé en velours rose. La position subliminale qu'il occupe dans mon esprit me l'a déjà fait confondre avec un inconnu. Mais cette fois, c'est lui. À ses côtés, une fille très belle qui pourrait être la jeune sœur de Beverly. Il la tient par la taille, elle rit fort. Il ne m'a pas encore vu. Je reste à distance, saisi de le voir avec une autre femme. Il est simplement passé à autre chose, sa prochaine actrice sans doute. Il me laisse en plan avec ma rivalité, mon fantasme d'humiliation. Il a mieux à faire que vouloir ma perte, une nouvelle carrière à lancer, par exemple. À présent, il m'aperçoit. Il m'adresse un signe de tête. Lui n'est ni surpris, ni troublé. Il n'a pas cessé de sourire, sans ironie, sans provocation, lui, mon ennemi, mon semblable, le mari de Beverly, le créateur de Beverly C., le père de Ian, ce petit garçon qui pourrait être le mien.

Avec la soudaineté d'un choc, j'éprouve un de ces miracles de la conscience auquel rien ne prépare : pendant quelques secondes, le cours miroitant des images s'arrête. Je me retrouve à l'intérieur des apparences indiscutables et sans réplique de ce hall d'hôtel, l'agitation, les intentions, les peurs qui m'occupaient instantanément dissipées. Tout est tranquille, rassemblé. Je suis ce que je vois, éveillé de l'état d'impuissance léthargique du spectateur, évadé de ma bulle de verre pour découvrir que j'appartiens au monde. La vitre qui m'en séparait s'est volatilisée. Je ne suis plus voué à fixer l'écran. Les apparences peuvent renaître et mourir, je n'en préfère aucune. Je suis en vie.

L'instant d'après, j'ai la sensation de tomber en moi-même. Je me mets à courir et l'espace extérieur m'aspire comme s'il n'avait été créé que pour me conduire à elle. Mon amour. En courant, je dis « mon amour ». C'est comme toucher sa peau. À cet instant, je comprends : elle est mon seul devoir, elle est la mesure du temps qui vibre devant moi. J'avance sur son fil avec pour balancier ces deux mots. Puisse mon cœur être assez léger.

*

Dans la voiture, j'ai fermé les yeux. Je compte en moi-même à rebours, je me règle intérieurement sur la lumière du sud, de l'autre côté du tunnel sous la montagne. Je reviens à Repulse Bay. D'après les annales météorologiques, l'arrière-saison n'a jamais été aussi chaude.

Dans ce bruit constant qui équivaut au silence, les grandes villes côtières attendent leur dilution finale dans l'océan originel. Leurs habitants se tiennent prêts, étroitement rapprochés, usant le temps avant le surf ultime.

Tout le monde sait, tout le monde sait depuis toujours. La nature n'est pas un spectacle de bonté.

Comme les maîtres-nageurs de la plage, je fixe l'horizon qui vit en moi, j'attends une oscillation du plan, le frémissement avant-coureur d'une onde à la surface de la mer et du temps, une ola universelle traversant les époques, indifférente à ce qui la conduit et aux existences qu'elle rencontre. Je suis à mon poste pour voir arriver la dernière vague.

L'auteur exprime son affectueuse reconnaissance aux personnes qui par leurs commentaires et leurs suggestions ont apporté leur contribution à ce texte, tout particulièrement Ellen Willer qui sait ce que je lui dois.

Achevé d'imprimer sur les presses
de la Nouvelle Imprimerie Laballery à Clamecy (58)
le 11 février 2013.
Dépôt légal : février 2013.
Numéro d'imprimeur : 212219
ISBN : 979-10-91416-03-0
Imprimé en France

Couverture : Maogani
Composition : INGED, 76840 Hénouville
Charte graphique originale :
Le Bureau des Affaires Graphiques